GOBOOKS
& SITAK
GROUP©

GOBOOKS
& SITAK
GROUP©

三日月書版

三日月書版

三日月書版
BL043
volume
{04}
Novel. matthia
Illust. shu
致施法者
To Burris the Spellcaster and His Family Dependent
伯里斯閣下及家屬

To Burris the Spellcaster and His Family Dependent

致施法者伯里斯閣下及家屬

To Burris the Spellcaster and His Family Dependent

Chapter 01 —— 011

Chapter 02 —— 027

Chapter 03 —— 047

Chapter 04 —— 067

Chapter 05 —— 087

Chapter 06 —— 105

Chapter 07 —— 121

Chapter 08 —— 141

Chapter 09 —— 163

Extra Chapter 浴室那晚 —— 173

Extra Chapter 年輕人的約會 —— 197

Extra Chapter 那之後的三年 —— 229

Extra Chapter 小事典 —— 239

CONTENTS

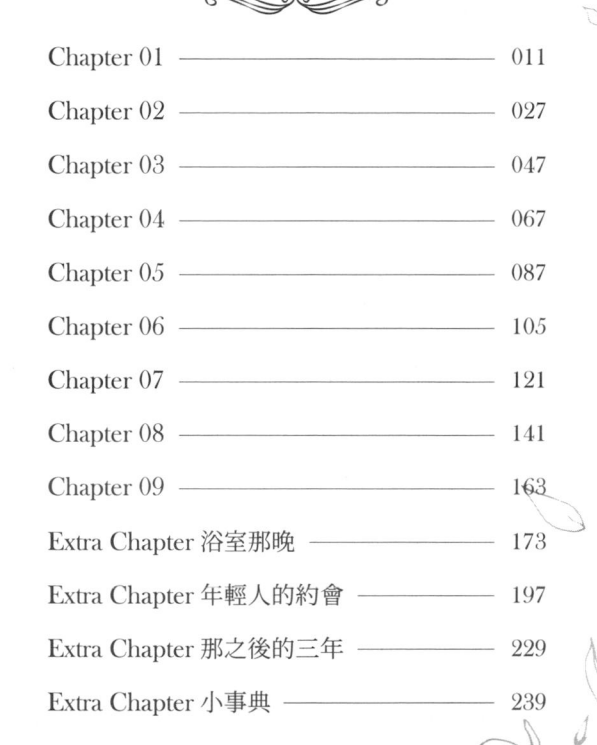

伯里斯・格爾肖
重獲青春的死靈法師。
CHARACTER

洛特巴爾德
亡靈殿堂的骸骨大君。
ROTHBART
CHARACTER
To Burris the Spellcaster and His Family Dependent

致施法者伯里斯閣下及家屬

To Burris the Spellcaster and His Family Dependent

Chapter 01

霜原四季如冬，今年的嚴寒來得特別早。伯里斯被凍得直發抖，卻沒辦法為自己施展穩定體溫的法術。正恍惚時，他身上突然多了一份重量，洛特脫下旅行斗篷，把他緊緊包裹起來。

這件斗篷只能抵禦秋夜的寒冷，在北方霜原，穿不穿它也沒有太大區別。但伯里斯還是拉緊斗篷，掌心好像真的稍微暖和了一點。

洛特還穿著破爛的居家服裝，碎布和線頭迎風招展，身上不少地方直接裸露著皮肉，但他面不改色，十分淡定，一點也不介意像利刃一樣的寒風。他毫不掩飾激動之情：「真沒想到，在這種緊張的時刻，我竟然又實現了一個願望！」

「什麼？」

「就是這個，脫下衣服給你穿！」

伯里斯十分佩服他，在任何情況下，他都不忘表現浪漫小說裡的情節。

這時，塔內傳來一聲輕咳。伯里斯順著聲音望去，露臺門框的陰影中站著一個白衣少年。他是奧傑塔的化身之一，也是伊里爾的容器。

少年做了個邀請的手勢，帶著伯里斯與洛特走入塔內。昔日的白塔現在黑如焦土，不僅外部如此，塔內也是一片殘破骯髒。而現在的伊里爾不再是活人，他不需要裝飾住所，也不需要任何生活用品。

伯里斯想起來了，剛才的露臺原本是個刑場。它的位置不高，護欄間隔很大，塔下的人能清晰地看到露臺上發生的事。伊里爾常常在這裡處決奴隸，有時他會把屍體掛在露臺下方，讓每個拜訪白塔的人都必須從它下面低頭走過，屍體掛了一段時間後，學徒們就會把它收回來。當年伯里斯經常負責回收屍體，另一個比他年長幾歲的法師則負責清潔汙穢。

今天，白衣少年帶著他重走舊路，穿過小房間，再從螺旋的細臺階進入大議事廳。塔內燈火昏暗，隔著很遠的距離才有一個小光球。借著微光，伯里斯看到議事廳裡站了不少人形物體，每個人身上都隱約反射著金屬光澤。他猜想，也許它們是伊里爾的金屬盾衛。

走近之後，伯里斯突然呼吸一窒，洛特察覺到他的異樣，趕緊伸手攬著他的肩膀。

議事廳裡的「人」不是盾衛，它們全都是被喚起的屍體。死靈法師用屍體當護衛並不奇怪，但這些屍體非同尋常，它們手握長劍或錘矛，身穿黑色盔甲，胸口畫著新月與尖刺白蘭組成的聖徽——它們生前曾是奧塔羅特的神殿騎士。

它們死在終年嚴寒的地區，死後幾十年也還未完全化為枯骨。它們的眼眶中燃著亮藍色幽火，皮肉塌陷變形，骨刺向外瘋長，血管裡沒有血液，取而代之的是黑色的施法液體。這是傀儡騎士的特徵，現在它們屬於伊里爾，會為了保護他而不惜一切。

騎士們像生前一樣整齊列隊，昂首挺胸。隊伍最末尾有一個大個子，體格比別的騎士大了一圈，它的盔甲從正面裂開，背後也有一個破洞，一道對穿的巨創奪去了它的性命。

伯里斯認得它。它叫「波魯」，它與支隊統領押送伯里斯到達希瓦河南岸，死於寒夜梟的襲擊。

支隊統領也在這裡。它站在燒融的長桌盡頭，提著長柄斧。它的劍刺入了寒夜梟的翅膀，已經找不回來了。它的盔甲並不完整，身體被斜向撕裂過，伊里爾喚起它之後，又用法術把它黏合起來。

洛特一直站在伯里斯身邊，一手緊緊扣著他的肩膀，生怕他癱軟暈倒。伯里斯輕聲對他說沒事，但他能清楚地看到，伯里斯的臉色比剛才蒼白許多。

洛特望向伊里爾：「我們不是來欣賞這些的，奧傑塔他們到底在哪裡？」

「別急。」白衣少年第一次開口，他的聲音就是奧傑塔的聲音，可男可女，不老不少，匯聚了所有特徵，又不具有任何特徵，「他們三個是您的造物，也是您回到這個世界所需的『錨』。等您從黑湖歸來，您可以自行釋放他們三人。」

洛特向白衣少年跨了一步，這瞬間，所有傀儡騎士都轉向他，對他亮出武器。伯里斯拉住洛特的手臂，輕輕搖了搖頭，跟他說沒必要浪費體力。

白衣少年攏著手，微微彎腰：「半神大人，您悉知奧傑塔的力量，所以您應該知道，這具身體只是他的化身之一，我隨時可以離開它，殺死它並不能傷害到我。奧傑塔正在做最後的準備，等一切準備妥當，黑湖的入口自然會向您敞開。」

說完，他看向伯里斯。起初伯里斯死死盯著那些傀儡騎士，現在他的目光已經移開，一直盯著窗外。

伊里爾笑道：「我的學生，怎麼了？你不敢看這些屍體嗎？你自己也是死靈法師，怎麼會怕傀儡騎士？」

伯里斯仍然看著外面：「該看的我都看完了。」

「怎麼樣？是不是感到很懷念？」

「我感到很欣慰。」

「什麼？」

伯里斯說：「從他們的模樣，我能猜到你的施法時間，然後推測出你是在死後多久甦醒的。你死後沉寂了很長一段時間，這期間你一直在侵蝕奧傑塔，直到近一年左右才回到世間，所以我很欣慰，你還沒來得及傷害更多人。」

說話的時候，伯里斯一直看著塔外。大議事廳裡有一扇巨大的落地窗，平時是茶色的，需要時可以變成完全透明，伯里斯對大窗戶的喜愛就是來自於它。

如今窗上的玻璃早已粉碎，只留下黑色的鐵架，冷風不停灌進來，幾乎吹得人睜不開眼。

伊里爾疑惑地歪了歪頭：「你在看什麼？」

伯里斯仍看著外面，輕聲說：「導師，你想不想重新活一次？就像我一樣。」

伊里爾攤開手：「我已經重獲新生。」

「不，我是說，真正地重活一次。」伯里斯說，「去看看希瓦河以南，看看六十幾年後的珊德尼亞和俄爾德。如果你願意，我可以挑選一具保存最完好的屍體給你用，而你肯定能讓它如活人一樣靈巧。你可以繼續當法師，可以借用兩大教院的圖書館，以前不讓死靈法師進入的地方，現在我們都可以自由出入。如果你願意……就跟我回去吧。」

伊里爾不屑道：「你的意思是，讓我對你俯首稱臣？你怎麼會如此幼稚？」

伯里斯問：「明年在五塔半島有個峰會，奧法聯合會內的所有死靈學研究者都會出席，你不想去看看嗎？」

伊里爾對此嗤之以鼻：「我已經與『世間僅有的奇蹟』合為一體了，將來，我還可以享用神域的力量，什麼半島、圖書館、奧法聯合會……他們算什麼東西？」

伯里斯嘆了口氣，自言自語地嘀咕了一句。

伊里爾沒聽清楚：「你在說什麼？」

於是伯里斯大聲重複了一遍：「我在奧法之神面前許諾，願尊魔法為唯一真理，視世俗利益次之。伊里爾，以前你是這樣教我的。」

導師抱著手臂打量他：「你在說什麼……不，你到底在看什麼？難道外面有你的援兵？」

伯里斯仍然看向塔外。他指了指遠方，微笑起來：「你看，太陽快出來了。」

夜幕尚未退去，冰原仍被黑暗籠罩，東南方向的天際剛剛破出一絲微光。昏暗的大地上，一個個光點正搖曳著逼近白塔，此時天空濃雲密布，它們就像是墜落到雪地裡的星光。

身為施法者都能認得出來，那是用奧術點燃的一顆顆光球。

伊里爾瞇眼看了一會兒，對著大廳的圓形拱頂做了個手勢，焦黑斑駁的拱頂先是變得光滑如黑玉，然後逐漸變亮，投射出高塔附近的情況。

數枚中型光球圍向高塔，每束錐形暖光下大約有五六個人。其中大部分人穿著戰鬥法師喜歡的灰色短袍，手臂上綁著皮製護腕，腳下踩著符文皮靴，身上掛著數不清的工具袋；還有一些人穿著長袍，手持綴滿寶石的權杖，身邊還跟隨著構裝體護衛或異界魔法獸。

伯里斯認出了不少熟悉的面孔。穿著深藍色法袍的灰髮中年人叫「威斯特」，他是奧法聯合會現任議長德洛麗特的首席學徒；半精靈葛林迪爾也來了，他曾短暫地跟著伯里斯學習過，後來轉向了異界學領域，現在常駐五塔半島，平時很少出門；距高塔最遠，纖細而高䠷的身影，是來自薩戈王都真理塔的海達，比起其他人，她的實戰經驗偏少，但她背後有薩戈皇室的支援，使用起魔法物品和構裝體毫不心疼。

海達不是因為虛弱或膽小才走在最後面的，她走得緩慢，是因為她指揮著數十個劍盾兵構裝體。這些平時是真理塔的護衛，若法師想將它們帶出王都，則需要皇室成員當面授權。帕西亞陛下不願接觸奧法，這些事情都由艾絲特琳公主負責。

當紅玉髓戒指在冰原上粉碎的時候，所有與伯里斯互相信任的施法者都收到了消息。

伊里爾把目光轉回伯里斯身上：「當年你也是這樣做的，偷偷帶人來破壞我的塔。」

他打了個響指，議事廳內所有傀儡騎士都化作煙霧，瞬間消失。傀儡騎士可以在實體與虛體之間轉換，它們直接閃現到了塔下，準備迎接那些傳送而來的法師。

高塔外瞬間喧鬧了起來。從聲音判斷，外面不僅有傀儡騎士，還有一些剛被喚醒的魔像與嵌合屍。嗥叫聲、兵刃碰撞聲和念誦咒語的聲音交會在一起，即使在這麼高的地方也能聽得十分清楚。

伊里爾得意地笑著：「我的學生，你的朋友確實不少，可惜他們無法上來，根本幫不了你。」

伯里斯說：「我不需要他們。他們負責解決重新出現在霜原上的怪物，不需要上來協助我。」說完，他問向洛特：「大人，伊里爾不會把奧傑塔的下落告訴我們，我們只好自己找了。」

「你有線索了嗎？」洛特問。

伯里斯點頭：「我有辦法。」

伊里爾皺眉道：「我的學生，難道你忘了嗎？炙龍牙木已經奪去了你的施法能力……」

聽到這裡，洛特沒有多說半句話，他立刻把身邊的伯里斯撈進懷裡，低頭深情一吻。

伊里爾呆滯片刻。他一直防範著半神，如果半神有疑似攻擊或釋放力量的行為，他會立刻做出應對。但他怎麼也沒想到，半神和叛徒竟突然在他面前接吻，而且動作十分流暢自然。

洛特放開手後，伯里斯立刻回身念出短促的咒語。一道黑色直線應聲浮現，拖曳著電光向伊里爾呼嘯而去。

伊里爾一驚，慶倖自己提前準備了各種防禦，黑色線條撞上隱形壁障，像被盾卡住的長矛一樣不再動彈。

他警惕地後退了幾步：「你們還不明白嗎？這只是奧傑塔的化身之一，真正的『我』不在這裡。」

「我知道，」伯里斯說，「所以那不是攻擊法術。」

伊里爾一愣。如果他還活著，他現在的臉色一定會因羞憤而紅白交加。看到伯里斯恢復施法能力時，他由於驚訝過度，以至於冷靜盡失。他認為伯里斯施展的是即死射線，所以他啟動了最高級別的近身防禦咒語。這個咒語有著次元級別的隔絕效果，一切傷害性法術都會失效，虛體或元素生物無法穿透，連傳送法術都無法連接至護罩內的空間。與此相對的，施法者自身也不能穿過防禦，不能施法影響外界，假如施法者死於護之罩內，護罩的力量就會緩慢消散，在此之前，連死者的靈魂都無法離開。

伊里爾氣得雙手發抖。他誤判了伯里斯的意圖，伯里斯施展的不是即死類法術，而是「憑依鎖」與「刺縛術」。

「刺縛術」是強硬中包含著溫柔的法術，它的效果如字面所示，可以把人釘在某處無法動彈。之所以說它溫柔，是因為它不會傷害受術者，幾小時後就會自行解除。

至於「憑依鎖」，它也不會傷人，而且對真正的生者無效。這法術是用來加固憑依體的，常見的用法是死靈法師把自己或別人的意識藏在新鮮的屍體裡，操縱屍體，假裝死者本人。由於某些防禦區域會彈開憑依的靈體，所以死靈法師會使用這個法術瞞天過海。根據施法者能力的不同，法術的持續時間也不同，在這期間，施法者的靈魂會與他「穿戴」的肉體緊密結合，完全不可分離。

伯里斯使用的是上述兩個法術的結合，它們經過改良，合併為長矛形狀的連鎖法術，會在接觸受術者的瞬間一同生效。

如果伊里爾知道那是「刺縛術」和「憑依鎖」，他可以什麼都不做，他身上已經有普通防禦術的保護了。普通防禦術預置好後就可以自行運作，不需特意啟動。它擋不住來自另一個強大死靈法師的即死攻擊，但完全可以擋住「憑依鎖」和「刺縛術」。

剛才，伊里爾在電光石火之間做出反應，飛快地啟用了最高級別的防禦，沒想到，這反而困住了他自己。

如果他撤銷防禦，他將被「刺縛術」釘在牆上，並被「憑依鎖」鎖在這具身體裡；如果他不撤銷防禦，他就會被自己的法術禁錮在原地，靈魂無法轉移到別的地方。反正無論怎麼選擇，他都註定要被困上幾個小時。

伊里爾努力保持鎮定，目光陰狠地瞪視著曾經的學生和半神。學生施法後走到了窗邊，半神一手摟著他，兩人一邊往塔下看，一邊嘀嘀咕咕地說著什麼。

「好，很好，伯里斯．格爾肖。」伊里爾說，「我真是一錯再錯，總是小看你。我記得，以前我最喜歡的學徒是巴倫德，他比你有天賦，也比你有野心，如果說他是忘恩負義的狼，你就是霜原上的小狐狸，你只能依靠小聰明得到一點殘羹冷炙。但我沒想到，最終竟然是你陷害了我，看來我真的沒有學到教訓，我竟然又一次被你的小聰明欺騙……嘿！你們到底在看什麼？我在跟你說話！」

伯里斯和洛特回過頭，看了伊里爾一眼，又轉過去繼續小聲交談。

伊里爾又說：「你們是不是想離開？已經太晚了，走到這一步，你們已經沒有退路了。」

洛特小心地拉著伯里斯，退回議事廳中間。大窗戶邊沒有玻璃，靠近和遠離時都必須小心一些。伊里爾狠戾地瞪視著他們，等待他們做出回應。他們又互相低聲說了幾句話，竟轉身走出了大議事廳。

伊里爾在護罩裡怒吼：「你們是離不開這座塔的！伯里斯．格爾肖，你和外面那些螻蟻都會葬身在我的霜原之上！」

伯里斯和洛特完全沒有理會他，只是沿著螺旋樓梯向下，經過好幾層後，終於聽不到伊里爾的咒罵聲了。

伯里斯嘆口氣：「其實伊里爾的話也不完全是威脅，有些是真的。」

「有些是真的？」洛特雙眼一亮，「哪些？你真的是霜原上的小狐狸？」

「請您正經一點好嗎？」

「好吧。」洛特對法師伸出手，牽著他走過一段變形的臺階，「你是不是想說，我們確實無法離開這座塔？」

伯里斯點點頭，找了一塊比較平整的地面，試著施展即時傳送。可惜，法陣還未展開就消失了，如同被水流沖散的沙畫。

伯里斯說：「這裡很奇怪，我們可以進來，卻無法離開。塔的門窗看似可以任意穿透，其實全都被看不見的力量封閉，就連傳送法術也無法生效。按理來說，空間能進就能出，如果我不能施展傳送，那伊里爾也不能。」

洛特說：「這肯定是奧傑塔的力量造成的。」

伯里斯問：「奧傑塔還有哪些能力？比如梳理霜原上的魔法波動，讓人無法察覺這裡的變化？」

現在想起來，前一陣子霜原上肯定不太安穩，伊里爾又是復生又是抓人，還修復了一大堆早已廢棄的構裝體和活屍，這一切本不應該逃過奧法聯合會的監控。聯合會裡有一整個團隊，是專職監控異常法術波動的。

除此之外，伊里爾使用的能力也很奇怪。在數個受到控制的身體間靈活轉移，可以直接閱覽宿主的記憶，還能讓宿主難以察覺，甚至意識混亂。到目前為止，沒有任何一個死靈法師能做到這些。

洛特摸著下巴：「嗯……這肯定是奧傑塔的力量。他的力量非常神奇，不是奧術，也不是神術，更接近於真神力量的簡化版，就連我都無法瞭解他的全部。他可是『世間僅有的奇蹟』啊。」

「您好像特別自豪……」

「當然了，他是我的造物。」

洛特一臉驕傲，伯里斯卻高興不起來。如果奧傑塔真想做些什麼，現在的骸骨大君根本無法壓制他。奧傑塔如此強大，卻在漫長的沉睡中被伊里爾趁虛而入。伯里斯忍不住想，如果骸骨大君能早幾年回來，那三個造物也能早點甦醒，伊里爾大概就沒有機會謀劃今天的事了。

兩人沿石階一路向下。冰原白塔如今變成了黑色廢墟，傢俱炭化粉碎，門廊扭曲變形，磁磚被燒出裂紋，樓梯護欄殘缺不全，只有灰曜岩製的螺旋階梯還保存完整。

洛特提出要抱伯里斯飄下去，避開狹窄的危險樓梯。伯里斯拒絕了，他說必須用普通的步行方式走下去，才能找到想找到的地方。

「為什麼？」洛特問，「還有，我們要找的是什麼地方？」

伯里斯說：「我知道您的孩子們在哪裡。伊里爾讓我們看白幕上的畫面時，我就猜到那是什麼地方了。他們在白塔最上層的祭臺。」

「最上層？」走在前面的洛特疑惑地回過頭。很顯然，他們一直在向下走。

伯里斯指了指越來越暗的螺旋形深淵：「您看，下面還有那麼深。」

洛特探頭看了看：「確實很深，但我們……」

「我們被傳送到白塔的時候，是站在露臺上的。」

洛特恍然大悟。露臺位於白塔中下部，距離議事廳不遠，他們從議事廳開始往塔下走，已經走了很多層，如果距離正常，他們早就該到達最底層了。但現在螺旋形階梯仍在延續，下面的空間仍深不見底。

洛特仔細觀察了一下每層樓的平臺。平臺連接的走廊和房間都十分破爛，原本是各有各不同的破爛景象，但不知道從哪一層開始，平臺變得越來越像，樓梯上焦黑斑駁的痕跡也幾乎一模一樣。晨光仍然能從石牆的窗子裡照進來，塔外的寒風和吵鬧聲卻消失了。

洛特卻並不害怕，反而興奮起來：「有趣，像一本恐怖小說！」

伯里斯笑不太出來。因為他們要找的「祭臺」很危險，何況現在裡面還有一個被控制的奧傑塔。

祭臺的實際位置在高塔最上層，但往上走是無法找到它的，就算從塔外觀察，塔頂也是空無一物。因為祭臺是用法術擴展出來的空間，就像伯里斯塔下的練兵場和閣樓裡的解析法陣一樣。

進入祭臺的正確方法是往塔下走。灰曜岩製成的階梯上預置有魔法機關，當法師正確地踩過所有機關，登上「塔頂」的路就會自動浮現並「向下」延伸。灰曜岩不怕焚燒，也不會產生裂紋，所以石磚內部的魔法機關能一直保存至今。

年輕時，伯里斯從來沒有真正進入過祭臺。伊里爾一般只會帶兩種人進去，一種是能成為他左右手的高階施法者，另一種是進去後就再也別想出來的人。當然，很多時候，同一人身上可以兼有兩種身分。

當年，活著離開白塔的只有伯里斯，別人都不知道塔裡還有個祭臺，而伯里斯也沒有對任何人提起過。

伯里斯愁眉不展地低頭走路，螺旋階梯上只有兩人的腳步聲。這時洛特問道：「剛才你為什麼不問伊里爾？」

「問他什麼？」

「問他到底想幹什麼。」

「不需要問。」伯里斯說，「我瞭解他，我們越是表現好奇，他就越不會說出真相，而且……我不想和他繼續說下去了。和他說話的時候，我總是忍不住想諷刺挖苦他，這樣不好，我根本沒必要刻意羞辱他。」

「你太愛面子了。」洛特由衷讚美道，「還有，你的判斷是對的，我們不需要詢問伊里爾。既然他想讓我繼承黑湖，那我偏偏不如他所願。」

致施法者伯里斯閣下及家屬

To Burris the Spellcaster and His Family Dependent

Chapter 02

昏暗的螺旋階梯到達底部，通往祭臺的大門出現了。它只是一扇很普通的雙開門，門板由白樺木製成，在被焚燒過的高塔中，它是唯一保持潔白的物品。

伯里斯推開門，一陣刺骨的寒風迎面襲來。為了防止手指被凍僵，他先是關上大門，為自己施展了抵禦嚴寒的防禦法術，這才再次推開門放心地走了出去。

門內是不知多深的塔下深淵，門外卻是天幕下的塔頂，塔頂有一個圓形的上升式廣場，也就是所謂的「祭臺」。

這時雲霧已被吹散，晨光傾瀉在通向祭臺的石階上，染出一片朦朧的冷色。之前伯里斯和洛特在白幕上看到的紡錘形黑斑仍飄在天上，它沒有實體，沒有陰影，突兀而不祥，就像一隻被挖空的眼睛。

黑斑正對著祭臺，祭臺中心矗立著幾支大小不等的尖冰錐。奧吉麗婭、席格費和奧傑塔就在那裡。

洛特向石階走去。他一踏上臺階，高處便出現了兩個白衣精靈，他們一左一右相對而立，沒有任何其他動作。當洛特回頭與伯里斯對視時，白衣人又增加了，兩兩一組的白衣類人生物從祭臺上走下來，依次整齊地站在石階兩側，面向下方，就像是在迎接客人。

伯里斯慢慢走在洛特身後，邊走邊準備解析法陣。他打算分析那些黑色冰錐，找出安全移除它們的方法。

準備完畢後，伯里斯抬起頭，突然伸手拉住了洛特的衣服。

洛特回頭問他怎麼了，他指了指祭臺上空：「那塊黑斑……好像有點不一樣了。」

洛特也抬起頭。天空中的黑斑是紡錘形狀，被兩條弧形邊界包裹。原本它是均勻的黑色，現在，其中一邊的輪廓卻裂開了一條縫隙。縫隙很難被發現，因為裡面仍然是黑色的，但如果仔細觀察，就會發現其中隱隱閃動著異樣的光斑。

看清楚之後，洛特突然覺得這塊黑斑像是一隻緊閉的眼睛。現在他即將登上祭臺，眼睛也正準備睜開。

「您還是先別上去了。」伯里斯緊緊拉著洛特，自己移動到他的前方，「我有不好的預感……也許您一踏上祭臺，就會被那個東西吸進去。」

洛特望向祭臺中間。銀龍被釘在地面上，不時因痛苦而輕輕抽搐著，他身軀龐大，擋住了同樣遭受折磨的獅鷲和少女。雖然看不見另外兩個造物，但洛特仍然可以聽見他們的夢囈和呻吟。

「如果我不過去，怎麼拔除那些冰錐？」洛特皺眉，「你確定那隻眼睛會吃人嗎？它像閉著的眼睛，不像嘴巴，嘴巴應該從正中間裂開，而不是從其中一邊……」

伯里斯仍然拉著他：「不管它像什麼，總之您先別過去。讓我先施法分析冰錐，好嗎？也許我可以遠程移開它們，根本不需要您親自過去。」

洛特先是點點頭，又覺得不妥，他伸手抓住法師的手臂：「那你也不能上去。」

伯里斯說：「我不上去，我就站在這裡。」

他站在距離祭臺一步之遙的地方，將解析法陣施展完畢。法陣緩緩升高，水平延展出半透明的力場膜，分別包裹住一支支尖冰錐。

伯里斯施法的時候，階梯兩側的奧傑塔們並未加以阻攔。但當力場膜開始融入尖冰錐時，奧傑塔們突然集體望向伯里斯。

咒文與資料在空氣中流轉，法陣開始分析尖冰錐的成分和歷史行為，奧傑塔們也開始行動，緩緩向伯里斯與洛特靠近。

在伯里斯眼裡，離他最近的四名白衣人都是人類，分別是兩名幼童與兩名老人。老人被洛特一把推開，最矮的女孩伸手抓住了伯里斯的手腕。伯里斯一時有些恍惚，以這個孩子的身高與手臂長度，根本不可能在兩步以外的距離觸碰到他。她的手臂沒有伸長，身體也沒有變大，但她就是抓住了他，而且力氣大得驚人。

這是一種令人極度混亂的感覺，那孩子既近又遠，既嬌小又高大，她的形體既是毫無變化，卻又千變萬化。

正當伯里斯困惑之時，洛特抓起女孩，把她朝另一名白衣人丟了過去。兩人跌倒滾階梯，更多白衣人繼續圍攏過來，他們的動作有些遲鈍，攻擊也毫無章法。伯里斯猜想，這應該是因為伊里爾的意志被隔絕在遠處，他仍然影響著奧傑塔，卻無法對其進行精準控制。

洛特扔走了一個白衣人，背對著伯里斯說：「告訴你一件特別絕望的事情。第一，奧傑塔的化身可以有無數個，他們只會越來越多；第二，只要奧傑塔還活著，他的化身就不會真正地消失……」

伯里斯說：「您說的是兩件令人絕望的事，不是一件。」

他半跪下來，在石階上攤開麂皮工具袋，拔出一支細小的鳥頭骨：「大人，幫我一個忙，拿著這個，扎他們一下。」

「扎哪個？」洛特接過鳥頭骨。

「哪個都行，用尖喙扎一下就可以了。要見血。」

這是紅尾寒鴉的頭骨，喙部又細又尖，像一支小小的匕首。洛特沒有多問，反正法師做奇怪的事情都是為了施法，他抓住一個正撲上來的白衣青年，對準肩膀插了下去。

鮮血從白衣青年的傷口湧出，每個白衣人都隨之一頓，暫時沒有繼續向前。

洛特把那人丟開，將鳥頭骨還給伯里斯。頭骨在接觸到血液後呈現出剔透的紅色，就像紅寶石雕琢而成的工藝品。

伯里斯接過頭骨，毫不猶豫地對著自己的左前臂扎了下去。

洛特嚇了一跳：「你在幹嘛？」

「施法。」伯里斯動手時十分果斷，鳥喙插進皮肉裡之後，他卻難以自控地齜牙咧嘴起來。

片刻後，他臉色蒼白地拔出鳥頭骨，將它丟在附著著法陣的麻紙上。鳥頭骨再次發生變化，它從剔透的紅寶石色變成烏黑色，表面開始龜裂，露出內部熔岩般的色彩。接著，麻紙以它為中心開始燃燒，很快燒成了一堆灰燼。

伯里斯捂著傷口，眉頭皺成一團，忍著疼痛開始念誦咒語。洛特實在看不下去，蹲下來一把拉過伯里斯的左手臂，隨便撕了幾條布料為他包紮。

「你念快點。」洛特警戒著四周，小聲催促道，「念完之後我才能親你，親完就不疼了。其實我無法治療已存在的傷口和疾病，力量劣化前也許可以……但我可以止血，還能止痛。」

伯里斯一邊熟練地念著咒語，一邊暗暗感慨洛特竟還有急救止血的能力。其實，這法術不需要過大或過深的傷口，手法熟練的法師可以製造出破損較小、出血適中的傷口，而伯里斯上了年紀後一直在塔裡進行研究，已經很久沒用過這種野蠻的魔法了。他施法經驗豐富，手法卻多少有些生疏。

隨著咒語低吟，麻紙灰燼開始向四面八方飛散，鳥骨上的焦黑與火焰逐漸褪去，又變回了之前的骨白色。

灰燼沾染在白衣人身上，鑽入他們的口鼻與耳道，近處的白衣人全都僵直站住，遠處的白衣人踉蹌了幾下，也逐漸不再動彈。

「竟然成功了……」伯里斯念完咒語，抹了一把額頭。

洛特一把扳過他的臉，捏著他的下巴開始接吻。洛特邊親邊惋惜，難得這次自己的動作這麼流暢、這麼強硬，簡直就像浪漫小說裡那些貴族男主角一樣。但現在的氣氛卻毫不浪漫，他實在無心享受。

一吻結束後，伯里斯傷口的血果然止住了。洛特問：「你為什麼要說『竟然』？」

伯里斯說：「因為剛才那個法術非常危險，奧法聯合會已經把它禁止了，施展或教學都不行。它是死靈學派的法術，可以控制集群的活物，少則影響數十人，多則可以操縱整個軍隊甚至城市，受術者們會被變成活傀儡，在很長一段時間內依照施法者的意思行動，而且不懼疼痛，不計生死。其實我沒有一定能成功的把握，畢竟這些『生物』比較特殊。」

洛特又問：「為什麼要禁止這個法術？因為操控活人不人道？還是因為法師容易失手把自己扎死？」

伯里斯說：「不人道是一方面，另一方面是因為……如果施法成功，法師可以隨時停止法術，但如果施法失敗了，受術者會暫時獲得對施術者的魔法免疫，這時他們不僅不會聽話，還會燃起對其他生物的強烈殺意。也就是說，施法失敗後，法師會製造出一群嗜血的瘋子，而這群瘋子會先毫無阻礙地殺掉法師，再自相殘殺。」

洛特目瞪口呆，突然緊緊抓住伯里斯的雙肩：「以後……以後你不許再做這麼危險的事情，我不允許！答應我，你必須答應我！」

伯里斯哭笑不得：「求您了，現在這種時候，您能不能別再說浪漫小說裡的臺詞了？我不會配合您的。」

「那好吧。」洛特這種時候特別好說話，立刻放開了手，「然後你有什麼打算？」

「我要繼續觀察解析法陣。」伯里斯說話的時候，解析法陣正逐步把分析結果投射進他的眼中。

洛特提議道：「如果我們試著拔出黑刺，會影響法陣的分析結果嗎？如果不會影響，那我們可以試著把它拔出來嗎？」

「怎麼拔？我們不能輕易登上祭臺。」

洛特指了指僵住不動的白衣人：「讓他們去試試吧。要是能成功最好，失敗了也沒什麼關係。」

伯里斯思考了一下，覺得也有道理。反正現在這群白衣人暫時是他的傀儡，讓他們禁止不動也太浪費了。於是他對傀儡們下達命令，讓他們走上祭臺，試著拔除三個造物身上的黑色冰錐。

白衣人聚集在祭臺中心，伯里斯默默讀著符文，洛特暫時無事可做，於是走下臺階，跑到了塔頂平臺的邊緣。

「這座塔比你的塔還高啊。」他趴在垛口上往外看，「不過這也沒什麼，塔不是越高越好……哇！你一定不敢相信塔下有多少怪物！傀儡騎士就不說了，還有很多沒什麼特徵的死人，還有很多白色的小動物……不對，是大動物！白色巨狗！」

「那是冰霜座狼。」伯里斯一心二用地說，「牠們早就絕種了，您看到的不是活物，是以冰霜座狼為原型製作出來的構裝體。」

洛特繼續播報塔下的情況：「冰霜座狼與傀儡騎士形成了兩面夾擊，有一個灰衣服的法師跌倒了！還好，他的同伴為他豎起了一面護盾，不知道他傷勢如何？現在劍盾兵構裝體重組陣形，衝破了冰霜座狼的封鎖！等等，有人在放火球，我看出來了，那肯定是個火球……」

他還沒說完，遠處便傳來轟然巨響，一時間山搖地動，火光沖天。洛特暫時別開臉，很快又轉了回去：「伯里斯你說，這像不像術士的行為？」

伯里斯差點笑出來。於是他也走下階梯，來到牆垛旁邊。他有些擔心法師同伴們的安危，而且也想看看外面是不是真的有術士。

站在這麼高、這麼遠的地方，伯里斯只能看到塔下積雪飛揚，遠方紅光沖天。火焰出現在距離高塔很遠的地方，大概是有人在那裡攔截從森林奔來的怪物。

洛特的視力比較好，他能看到一群灰頭土臉的人或怪物，還有一抹騎在馬背上的亮紅色。紅髮紅衣，騎術高超，施法迅速，攻擊面廣，不停放火，而且只會放火，此時仍在不停放火……

「那是不是紅禿鷲？」洛特瞇起眼睛。

正當他們專心望著遠方時，身後接連傳來幾聲脆響，像是冰塊碎裂的聲音。

他們回過頭，一團灰黑色煙霧從祭臺上升起，瞬間形成無數個咆哮著的虛體人臉。

奧吉麗婭飄浮在煙霧之中，腳踝上還留著黑色尖冰錐造成的恐怖傷口。她身上的尖錐最小也最少，白衣人真的成功地拔掉了它們。

洛特開口喊她的名字，她卻沒有像從前一樣過來行禮。她隨手抓住身邊的虛體，虛體伸展成一把黑色巨鐮，她飄下祭臺，揮起巨鐮，向著她的主人與伯里斯疾衝而來。

伯里斯第一次感受到如此濃郁的死靈之力，那女孩彷彿背負著整片古戰場上的亡魂，每一個亡魂都成為了她的力量。

他召喚出一隻塵土匯聚成的巨手，擋住了奧吉麗婭的進攻。巨手能自動鎖定目標，每隻手指都是觸鬚狀的長鞭，普通人接觸它後會頓感無力，甚至失去意識，但奧吉麗婭卻絲毫不受影響，只不過是被暫時阻攔而已。伯里斯趁機對白衣傀儡下令，要他們不要繼續搖動尖錐，再讓他們匯聚過來，試圖制伏奧吉麗婭。

白衣傀儡畢竟不是真正的奧傑塔，他們能做的事和普通人類差不多，奧吉麗婭能浮空移動，輕易地就擺脫了他們的攔截。她甩開眾人，揮舞巨鐮，虛體煙霧也開始凶狠地撕咬，五條觸鬚一點一點被切割得七零八落。

在這過程中，伯里斯試著對她使用了幾個法術。他不想真的傷到她，所以沒有用即時傷害類法術，而她對死靈魔法免疫，很多控制肉體的魔法又無法對她生效。

終於，奧吉麗婭掙脫了鉗制，向伯里斯與洛特撲了過來。而伯里斯正好念完某句咒語，頃刻間，奧吉麗婭面前出現了無數個伯里斯與洛特，數量比白衣傀儡還要多，他們到處亂跑、各行其是，讓奧吉麗婭頓時陷入混亂。

她用巨鐮勾住一個「洛特」的衣服，那個「洛特」瞬間化作塵埃；又有另一個「洛特」被她絆倒在地，她想伸手抓住，卻撞在了暗黑色的石板上。

她還未起身，真正的洛特巴爾德從斜後方撲了上來，把她牢牢按住。她想揮動巨鐮，巨鐮卻被殘存的灰色觸鬚拖到了遠處。

洛特用膝蓋壓住她的腿，一手按著她的背，一手扳住她的下巴——

在他吻上去之後，奧吉麗婭漸漸停止掙扎。

假的伯里斯和假的洛特都消失了。真正的伯里斯站在旁邊，緩緩捲起袖子。

他剛才發現，奧吉麗婭判斷距離和目標完全是依靠眼睛，在這一點上，她和普通人類沒什麼區別，越是依靠眼睛的生物越容易被幻象欺騙，恐怕連半神的造物也不例外。她能免疫死靈法術，卻不能識別幻術。

沒過多久，洛特放開女孩，小心地站了起來。奧吉麗婭蜷縮在地上，處於半睡半醒之間。

洛特看向法師：「我在你面前親吻別人，你有沒有感到一絲酸澀？」

伯里斯表情微妙地搖搖頭：「酸澀倒是沒有，但我感覺到了一絲道德的譴責……」

洛特說：「這是我的造物，又不是我真正的孩子。我還天天親赫羅爾夫伯爵呢，你也沒說過什麼。」說著，他走向伯里斯，敞開懷抱，「來來來，讓我親你一下，讓我們把扭曲的人性回歸正軌。」

伯里斯後退一步：「您天天都親狗？」

「不是每次都親狗的嘴。」

「算了，先別管這個，我們現在應該想想接下來該怎麼辦。」

但洛特不放棄，他強硬地摟住伯里斯的肩膀，伯里斯也只好認命。洛特先是用力親吻了法師的額頭，再托起下巴，吻上嘴唇。吻完之後，他仰天長嘆：「喔，好多了。我淪喪的道德現在漲回來了一些。」

他一側頭，發現奧吉麗婭已經醒了，她坐在地上盯著他們兩個，蒼白的小臉上帶著恍然大悟的表情。

伯里斯臉頰發燙，想轉過身去，但想了想這個動作好像太過侷促，反而會讓自己更加難堪，於是他強裝鎮定，逼自己保持著「我一點也不覺得羞恥」的淡定表情。

奧吉麗婭恍惚地嘟囔：「原來如此，我還以為你們是那種正經的盟友……」

「本來就是正經的盟友。」洛特立刻糾正道，「妳太不瞭解人類了，婚姻是人類社會最常見的一種盟約……」

伯里斯心中暗叫不妙：洛特已經徹底恢復成以前的洛特了，而且恢復得過於徹底，連瘋狂轉移話題不顧重點的一面也恢復了！

他急忙打斷洛特的話：「大人，我真誠地懇求您，我們能不能先聊點正經的事情？」

幸好現在的洛特比過去更聽話。「好吧好吧。」他對伯里斯笑了笑，然後蹲在奧吉麗婭面前，「簡單說說你們是怎麼被抓的，讓我想想辦法。我們必須把席格費和奧傑塔也救出來。」

奧吉麗婭從希瓦河畔開始講起，大致敘述了他們如何追蹤到「奧傑塔」，又如何被意料之外的力量制伏。

聽完之後，洛特摸著下巴說：「奧傑塔受到了深度侵入，如果要把伊里爾的靈魂與他徹底分離，應該有一定難度。我的力量還沒劣化之前也許能試試看，但現在不行。總之，我們要慢慢想辦法。至於妳和席格費，你們只是被蒙蔽了神志，靈魂並沒有遭到融合，所以喚醒你們並不難。現在妳清醒了，我們應該去救席格費，但問題是，我親不到他。伯里斯說那個祭臺有點問題，我最好不要輕易踏上去。」

奧吉麗婭問：「飛上去可以嗎？」

伯里斯替大君回答：「我不確定，但最好不要嘗試。在通常的定義中，祭臺『正上方』也被認為是祭臺的一部分。」

「那就只能把席格費帶出來了。」奧吉麗婭看向紅色獅鷲，「先把他放出來，我們一起制伏他，然後讓主人親他。」

洛特說：「嗯，就這麼辦吧。不過，我的嘴比較小，他的嘴比較大，我必須親吻有嘴的東西才能成功施法，獅鷲的嘴應該怎麼親？是親其中一小部分就好，還是要全都親到？有沒有什麼辦法強制他變成人形？」

少女認真地回答：「為了保險，您最好沿著喙的邊緣整個親一遍。」

伯里斯在一旁做出沉思的樣子，實際上卻是咬著牙，強迫自己不要笑出來。其實笑出來也不是不行，但是祭臺上還有兩個生物正在受苦，塔下還有很多法師同伴在艱難作戰，在這種時候哈哈大笑也太不嚴肅了。

但是……但是真的很好笑啊！伯里斯回顧自己的人生，他這輩子也面對過不少危險的局面，每次化險為夷都很不容易，要依靠大膽嘗試、謹慎思索，還要依靠同伴之間彼此信任、默契配合，他從未想像過，有一天自己會與盟友站在未知的險惡面前，一本正經地思考應該怎麼親獅鷲。

這不符合正統冒險故事的風格，精神正常的吟遊詩人絕不會編出這樣的故事。

「伯里斯。」洛特靠了過來，用一種討好的語氣在他耳邊說，「不要皺著眉頭難過了，他們是我的造物，不是我的子女，我並沒有道德淪喪。來，我需要你，你能不能指揮一下那些『奧傑塔』？」

伯里斯哭笑不得。自從與洛特重逢後，他遇見的麻煩都變了風格，一個個不光十分凶險，還非常滑稽。

滑稽歸滑稽，洛特的計畫還是有可行性的。於是，伯里斯重新操縱起白衣傀儡，讓他們湧向席格費，試著拔除他身上的尖錐。

在他操縱傀儡時，奧吉麗婭重新持起巨鐮，目不轉睛地盯著祭臺，而洛特又跑到了牆垛邊，開始繪聲繪色地描述塔下的戰況。

他說遠處出現了新的軍隊，那是一支身穿銀甲、肩披黑袍的騎兵隊，人數不多，大約只有二十人上下，他們揚著深藍色旗幟，上面繡著銀色新月與尖刺白蘭。

聽到這些，伯里斯又驚喜又疑惑。從裝備看來，這支隊伍來自北星之城的奧塔羅特大神殿，而且並不是普通的黑甲神殿騎士。他們隸屬於一支十幾年前剛剛組建的隊伍，人數不多，但個個能力出眾。神殿只用編號稱呼他們，一般人則喜歡稱他們為「銀鋒騎士」。

這些年輕人不光要在神殿接受訓練，還要接受法師的特殊培訓。他們不僅擅長軍事作戰，還掌握基礎的魔法常識，會使用常見附魔武器，能辨識危險的魔法物品與徽記，經受過抵抗幻術與精神控制的訓練。

他們不是施法者，但非常瞭解施法者，他們擅長與法師配合行動，也擅長擊破敵方法師的弱點。

這支隊伍出現得極為迅速，因為他們不需要跨越希瓦河和霧淞林。他們都受過訓練，不會因為傳送法術而眩暈。法師將他們傳送到霜原的安全座標上，他們很快就能趕到白塔下方。

令伯里斯驚訝的，是北星之城怎麼會這麼快就得到消息？紅玉髓戒指粉碎的時候，就算艾絲緹透過奈勒聯繫神殿，那群牧師也要先開個會，討論出結果再與北星之城聯絡，也許北星之城還要再開個會，來決定情報是否屬實。這其中來來回回，就算用水晶球傳訊也要花費一整天。

現在北星之城這麼快就派出銀鋒騎士，說明他們早就收到警報。伯里斯猜測，大概有什麼人比自己更早察覺到了異常，而這個人不是能直接聯繫神殿，就是認識更有權威的大國貴族。所以，在紅玉髓戒指被摔碎之前，已經有一部分人開始行動了。

伯里斯感到十分欣慰。由此可見，就算他完全不參與此事，就算沒有人用紅玉髓戒指報信，伊里爾失敗也是時間早晚的問題。冰原白塔是不可能再次崛起的。

比起伊里爾，現在他更擔憂奧傑塔，以及祭臺上空那隻不祥的黑色眼睛。

一陣碎裂聲傳來，席格費也恢復了自由。他掙扎著騰空而起，猛一轉身，向洛特與奧吉麗婭的方向撲去。幸好奧吉麗婭早有準備，她喚起黑色煙塵狀的虛體，擋下了獅鷲的凌空衝刺。

看到席格費的行動，伯里斯突然明白了一件事：這些造物的目的並不是傷害洛特，而是抓住洛特。

如果伊里爾也在這裡，他可能會撤掉尖錐，讓三個造物和奧傑塔的化身一起行動。他們的目的是迫使洛特走入祭臺，走向通往黑湖的位面薄點。

而現在，伊里爾被困在次元級的防禦罩內，靈魂無法轉移到其他「奧傑塔」身上。而這些尖錐大概無法遠程撤除，所以伊里爾沒辦法干涉這裡的事情。

多虧了這一點，伯里斯才有機會先控制住白衣人，再與洛特慢慢解救他的造物。各個擊破比抵禦圍攻容易多了，如果三個造物與一群白衣人同時攻擊過來，恐怕連洛特也無計可施。

奧吉麗婭已經牽制住了席格費。伯里斯打算從獅鷲身後施法，壓制他的行動。突然，一股寒意從四周包裹而來，將他原本靈巧的手指凍得無法動彈。

伯里斯全身僵硬，心跳差點停止。

這不是真正的寒冷，而是獵食者的威懾，是飽含著敵意的力量。憑藉著抵抗惑控的經驗，伯里斯迅速冷靜下來，卻還是無法集中精神，沒辦法完成剛才的法術。

這種恐懼與人的膽量無關。只要那股力量盯著你，只要它想讓你恐懼、讓你你屈服，你便無法鼓起任何勇氣。

伯里斯的餘光察覺到，祭臺上的白衣人正在消失。

解救出席格費後，他們恢復了待命的狀態，看似禁止，實際上他們卻在緩緩移動，逐漸匯聚在奧傑塔身邊。

既然伯里斯可以控制他們，奧傑塔當然也可以奪回控制權。這是奧傑塔的本能，不需要伊里爾特意下令。

白衣人一個又一個地回到奧傑塔體內。收回所有化身之後，奧傑塔動了動，他翅膀上的尖錐仍在，但腹部的那根已經碎裂消失。

洛特發現了異狀。奧吉麗婭為他擋住獅鷲，讓他以最快的速度向伯里斯奔跑過來。

但他還是不夠快。

銀龍的尾部揮出圓弧，如閃電般延展伸長，牢牢捲住了祭臺邊的法師。

如果銀龍想把伯里斯甩開，伯里斯有辦法保證自己毫髮無傷；如果銀龍想用堅硬的尾巴傷害他，他也能在受傷前掙脫；就算不能掙脫，洛特也會趕過來幫他。

但奧傑塔沒有那樣做。他身體一震，把伯里斯拖入祭臺，拋向空中。

他的斗篷掉了下來，落在祭臺邊緣，而伯里斯卻沒有落下。

銀龍的尾巴離開了他，他開始向天空墜落。

看到這一幕，仍在與獅鷲纏鬥的奧吉麗婭驚叫起來。她沒有餘力為法師擔憂，她只是因奧傑塔的計策而感到震驚。

現在的奧傑塔與席格費都想把洛特送入黑湖。奧傑塔行動受限，卻一直在默默注視著他們，還想出了這樣的計畫。

奧吉麗婭分神之時，獅鷲一聲怒吼，煉獄元素像海嘯般襲來。奧吉麗婭用盤旋的虛體擋住攻擊，自己則趁機退開一段距離。

她望向天空，黑斑好像動了一下。她突然意識到，那是一個眨眼。黑斑倏忽褪去，展露出幽暗的內部，然後又立即合攏，恢復成之前的模樣。

祭臺上只剩下奧傑塔，還有一條棕色的舊斗篷。

法師與洛特巴爾德都已不見蹤影。

致施法者
To Burris the Spellcaster and His Family Dependent
伯里斯閣下及家屬

Chapter 03

骸骨大君睜開眼睛。

這個地方和他記憶中的黑湖不太一樣。在他的印象中，黑湖神域是一片無垠的黑色海洋，水面平靜，天空陰沉，空曠得令人不安。

而現在，他卻站在一片灰濛濛的戈壁中。天空仍然十分陰沉，周圍仍然空曠寂靜，但這裡沒有半點「湖水」的影子。

他不禁懷疑，難道是位面薄點開錯了？難道伊里爾找到的根本不是黑湖，而是一個不知名的陌生位面？

他閉上眼睛，讓心跳恢復平靜，用皮膚與呼吸和整個世界感應——不，位面薄點沒有開錯位置，這個地方就是黑湖。黑湖沒有門牌號碼也沒有迎接賓客的櫃檯，但他可以用靈魂感知出來，這裡確實是他出生的地方。

再次睜開眼，他才發現自己身上的變化。他變回了原本的形態，惡魔角，骷髏頭，眼中火，身軀高大，覆蓋著一身黑鱗，他的手變得堅硬，一點也不適合擁抱柔軟的人類，就算只是牽手，他也必須注意千萬不能太用力，否則人類纖細的手指可能承受不住他的力量。

想到這些，他定了定神。他的人類法師現在就在他臂彎裡，被他橫抱著，頭靠在他的肩膀上，眼睛半睜半閉，因為逆向墜落而有些失神。

大君抱著法師呆呆地站了許久，直到法師在他懷裡蠕動了一下。

「不會吧……」伯里斯恍惚地望著天空，「這裡真的是黑湖？」

洛特說：「應該是。但我印象中的黑湖不是這樣。等一下，讓我想想……」他回憶著《子夜編年史》中的內容，書中有關黑湖神域的記載頗多，但其中關於地形地貌的描述卻十分模糊，「呃，我也不確定，也許是我記錯了，也許是這裡根本沒有一個絕對的形態。」

伯里斯也讀過《編年史》，他也想從大腦的角落裡找出一些線索，以此判斷這裡的情況是否正常。但他不太能回想起來，那兩部古書的內容太多、太沉重，他一回憶就有點頭疼。

洛特問：「伯里斯，你們人類應該想不起來剛出生的畫面吧？」

「當然了，嬰兒的視力極差，大腦也還沒有發育完全。」

「那就對了。」洛特說，「以前我認為黑湖就是一片湖，像大海那樣，但很有可能是我記錯了。那時我只是一團能量，連穩定的形體都沒有，視力肯定比嬰兒還差。後來我再也沒有回來過，最多只是夢見過這裡。」

伯里斯瞭望四周：「所以，其實『黑湖』並不是『湖』？」

宗教典籍與古早的編年史都說黑湖是液態的，說死者的靈魂要先通過黑湖，在湖中洗去罪惡，然後才能抵達亡靈殿堂，得到安寧的永眠。罪孽越深的人走得越慢、沉得越深，罪無可赦之人會在湖中一直下墜，不知何時才能上浮。因為他們靈魂裡的邪惡太過沉重，所以很難走到彼岸。

如果黑湖不是湖，是荒涼的戈壁，那罪人的靈魂應該怎麼「下沉」？又怎麼「清洗」？

想到這裡，伯里斯恍然大悟：「難道……因為我是活人？」

「什麼意思？」

「呃……您能不能先放我下來。」

「不能。」洛特說，「我不想放你下來，你先說你的想法。」

「我沒受傷，能自己站著。剛才我是因為奧傑塔而有些不舒服，現在已經沒事了。」

洛特問：「你為什麼要下來？是因為我這個樣子有點醜陋？還是因為我的手臂太硬，讓你感到不舒服？」

「不是……」伯里斯莫名地有些臉紅。

「既然不是，那你著急什麼？讓我抱你一會兒。」洛特堅持道，「我都被逼無奈進入黑湖了，你就讓我借此安慰一下自己吧。你接著說剛才的話題，你是活人又怎麼了？」

伯里斯嘆口氣，只好乖乖配合，雖然他根本沒有搞懂大君的邏輯。他說：「書中說死者的靈魂會如何如何，但我不是死者，我不僅還活著，而且有著完整的肉體。也許只有能量體與靈魂會看到湖水，而神與活人能看到的，則是這個位面的另一種形態。」

洛特點點頭：「有道理。怪不得黑湖守衛和煉獄君主能在這裡糾纏好長一段時間，如果它真的是一片無邊無際的湖，他們難道要天天泡在水裡？」

伯里斯感嘆道：「等他們力量耗盡，成為普通的靈魂，他們就會看見湖水了。」

「那現在我們該怎麼辦？」洛特問。

伯里斯說：「要想出去，只能讓您繼承黑湖的力量，成為神域的新主人。否則我們將永遠被困在這裡，直到力量耗盡，變成靈魂。」

洛特抱著法師隨便走了兩步，戈壁四面八方的景色都差不多：「伊里爾非要讓我來到這裡，他到底能得到什麼好處？」

「我大概明白他的目的了。」伯里斯說，「被丟進來之前，我的解析法陣基本已經運行完了。是這樣的，那些黑色冰錐是一種有實體的咒語簇，它有三個並行的作用：第一，最簡單的束縛，讓三個造物老老實實地接受法術侵蝕；第二，強化造物自身的力量屬性，讓他們能夠毫無保留地發散力量；第三，在他們體內提前植入一道觸發性法術，當某件事發生時，三名造物無論狀態如何，都會開始執行預置好的命令。」

「他們被植入了什麼命令？」洛特問。

「造物是真神的『錨』，大人。」伯里斯說，「只要有造物在，真神就能隨意進出神域與人間。如果沒有造物，半神即使繼承了力量，成為真神，也會被困在神域內不得離開。您早就知道這一點，所以您才想找到黑湖，對吧？」

「是的，但我現在……」洛特停下來思考了一下，老實地說：「其實，之前我撒了一個小謊。我對伊里爾說我不想要黑湖了，只是故意氣他。我還是有點想來的，這件事我想了太多年，無法那麼輕易放棄，但我討厭被人脅迫，我更喜歡自己慢慢實現目標。那麼，伊里爾到底為什麼想讓我繼承黑湖？他又在奧傑塔他們身上植入了什麼命令？」

伯里斯說：「他植入的不是新的命令，而是讓他們發揮身為『錨』的作用而已。當您成功繼承黑湖之後，造物們就會開始召喚您，把您強行拉回人間。即使您想留在黑湖也不行，這種強制呼喚會產生極大的力量，將您帶回去的同時，在位面上撕扯出一道裂口，那時，黑湖與人間將不再隔離，而是互相接觸……」

洛特替他說完：「這有點麻煩。黑湖裡有神域元素，還有積蓄了千萬年的亡靈之力，這裡是沉澱罪惡的地方啊。如果黑湖傾瀉到人間，就像在城市裡散播瘟疫，甚至比瘟疫還要糟糕。但我還是不太明白，這對伊里爾到底有什麼好處？難道他認為自己能操控黑湖的力量？」

伯里斯說：「他不能，但他有奧傑塔。奧傑塔的身體與靈魂都被他占據了，只要奧傑塔能控制的東西，就等於他也能控制。那個時候，如果您要與他一戰，恐怕他正求之不得呢。」

「不，他錯就錯在這裡。」洛特說，「他認為奧傑塔身負神域之力，所以自然可以替他梳理黑湖的力量。但是他錯了，奧傑塔做不到。」

伯里斯問他為什麼，他解釋道：「奧傑塔在梳理元素時，會以位面內最『正常』和『主要』的元素為基準，把諸多元素梳理成均勻平和的狀態。」

「我懂了。」伯里斯皺著眉頭，「當黑湖傾瀉到人間，奧傑塔只會以黑湖為基準梳理元素，這樣會把人間變成亡靈的世界。人間將不再適合活人，生命會直接轉化為死亡，而且，伊里爾和奧傑塔也是『活物』，最後，他們自己也難逃一劫。」

洛特嗤笑：「可不是嗎？伊里爾根本沒想明白，竟然還敢幻想統率亡靈什麼的。」

伯里斯說：「真的到了那個時候，伊里爾就沒有自我意識了。活物自然轉化為死靈後，是沒辦法保留生前的人格。凡是能保留意識的人，都是因為他在生前就經過施法，比如法師可以把自己轉化成巫妖，可以把靈魂轉移到一個沒耳朵的年輕禿子身上，這些可以實現，因為這是奧術的效果。但是，在無人干預的情況下，自然形成的死靈是無法保留人格的。最明顯的例子，就是死靈法師可以喚起屍骸，但無論那些屍骸曾經是何種身分，被喚起後的它們都不再具有心智。」

洛特問：「如果黑湖降臨人間，活人直接由生轉化為死，這也屬於自然現象？不算有人干預嗎？」

「是的，因為這並不是奧術。」伯里斯說，「當然了，轉化需要一點時間，並不是剎那就能完成的。人類也許還能掙扎幾天……」

洛特突然雙手一抖，伯里斯下意識地摟緊了他，他又重新穩住雙手，總算是沒有把伯里斯摔下來。

「怎麼了？」伯里斯問，「說真的，您還是放我下來吧，這樣有什麼意義……」

「剛才……剛才我們說到了什麼？」洛特眼裡的幽火縮成一個小小的點。

「我讓您放我下來……」

「不，不是這個。剛才我們在聊的是，如果黑湖降臨人間，活物會被逐漸轉化成死靈。」

「是這樣的。」

洛特盯著懷裡的法師：「更早之前你說了什麼？你說，我們看不到湖水，是因為我們——」

因為他們是活物。

只有死去的靈魂才能看到湖水，神和活人看到的是黑湖的另一種形態。

以及，在黑湖之中，活物會逐漸轉化為死靈，然後失去生前的人格。

兩人都沉默下來。過了好一會兒，洛特開口問道：「要不然你趕快想個什麼法術，你不是說奧術能保留靈魂的意識嗎？」

伯里斯緩慢地搖了搖頭，說：「不行，我沒有做任何準備。那些法術非常麻煩，不能憑空施展。」

「那該怎麼辦？我親你也不行，我也沒有能幫到你的法術……」洛特懊惱地低下頭。自從力量劣化後，他救不活瀕死的人類，也治不好已客觀存在的傷病，現在的他根本幫不了伯里斯。

如果他不繼承黑湖，一直站在這裡浪費時間，他的法師就會慢慢從活人變成死靈。那時，也許他還是看著荒涼的大地，而法師卻會從他的臂彎中消失，融入他看不見的湖水之中。

但如果他繼承了黑湖，他就會被自己的造物強行拉回人間。那時，萬物都會被侵蝕轉化，所有生命都難逃一劫。就算他狠心殺死奧傑塔也無法阻止這一切。

剛才洛特一直低著頭，眼中的幽火變得又小又暗，現在他突然抬起頭，幽火也忽然明亮地綻放起來。

伯里斯感覺抱著自己的手臂又緊了緊。此時他心裡十分沉重，根本顧不上害羞和難為情。

洛特說：「伯里斯，我有辦法了。但我不知道能不能成功，也不知道該怎麼把方法描述出來。你願意相信我，讓我試試看嗎？」

伯里斯深吸了幾口氣，說：「就按照您的想法做吧。神域不是人類法師能夠掌控的東西，在這裡，一切都要交給您了。」

「我……我恐怕還是必須繼承黑湖。伯里斯，你要跟我一起去，還有……」

「什麼？」

「我不想把你放下來。因為我有點害怕，這樣抱著你，我會感覺好一點。」

伯里斯看著那張布滿黑色鱗片的骷髏面孔。他和骸骨大君身在人世之外，天地間只有他們兩人。

他把頭靠在骸骨大君頸間，咬了咬牙，才開口說話：「大人，我也很害怕，事情和我預想的完全不同。不瞞您說，在祭臺上的時候我還挺有自信的，我想著，現在的伊里爾根本不算什麼，我身邊有您，還有塔下那些盟友，事情肯定能順利解決。可是現在，我卻不知道該怎麼辦，我……」

洛特側過臉，輕輕碰了碰法師的額頭。他輕聲說：「沒關係，你只要相信我就好。你已經把該做的事都做完了，現在輪到我了。」

伯里斯垂目不語，點了點頭。

於是，洛特開始向某個方向走去。

站在初始的位置上看，四面八方都是同樣的景色，但當他走了十幾步的距離，前方突然升起一片朦朧綠意，就像人間荒漠中的海市蜃樓。

他向著幻景走去，腳步十分堅定。這是他出生的地方，只要他想，他就可以感應到自己想找的東西。

沒過多久，洛特還是把伯里斯放了下來。他不累，但法師會累，被硬邦邦的東西抱著一點也不舒服，時間久了比自己走路累多了。

洛特嘗試過變回人類外表，但沒成功。伯里斯想施展法術製造一個浮碟也失敗了。奧術並沒有徹底失效，但成功與失敗幾乎不可控制。在神域裡很多事物都變得微妙而難以預測，比如：目測距離並不準確，看起來很遠的地方也許轉身就能抵達，看起來觸手可及的東西其實間隔著廣闊的空間。

這裡的地貌也十分奇妙。起初他們走在一片戈壁上，天空灰濛濛的，烏雲一直蔓延到地平線。當洛特看見遠方的綠意並走向它時，濃雲轉瞬消散，天空碧藍，陽光明媚，可是抬頭向上看，天空中卻沒有太陽的身影。

洛特已經把伯里斯放了下來，不過他堅持拉著法師的手。洛特沒有說出來，他拉著法師不僅是為了安心，更是為了取暖。他現在內心冰冷，渾身十分不自在，每走一步好像都在被看不見的力量撕扯。

他既不想永遠留在這裡，也不想帶著黑湖一起回到人間，因為無論選哪一種，他都沒辦法保護他的小法師。

他有一個模模糊糊的想法。如果這個想法可行，也許能打破僵局。他沒有成功的把握，但他別無選擇。

伯里斯拉著他的手，幾乎不主動說話。他們走走停停，在幾乎一樣的風景中跋涉了好久，洛特覺得過了好幾個小時，伯里斯卻說沒有那麼久。

終於，模糊的綠意越來越近，兩人一起望向正前方，遠處已經能依稀分辨出森林的輪廓。

伯里斯一直不說話，這讓洛特非常不安。於是他故意找了一些話題，既可以消除焦慮，也可以及時觀察伯里斯的狀態是否正常。

洛特問法師是不是在擔心白塔下的戰鬥，伯里斯說不是，說完後，他又只顧著低頭走路。

平時伯里斯沒有這麼難以溝通，他是那種會主動把話說清楚的類型，很少陷在自己的情緒中不理別人。

洛特趕緊追他問為什麼，伯里斯這才自嘲地笑了一下，答道：「我哪有精力擔心別人，我只是在害怕而已。」

洛特在精神中皺了皺眉，現在的他沒有眉毛：「其實你不該被捲進來的。」

「我不是這個意思。」伯里斯說，「就算我還在不歸山脈又如何，如果真的出了什麼事，誰又能逃得了。大人，也許您很難明白，我真的只是怕死而已，就和所有上了年紀的老先生老太太一樣。」

本來洛特想糾正他：你已經不是老頭子了。但他意識到，伯里斯怕的大概是神域的侵蝕性，這是凡人無法抵禦的野蠻力量，沒有人能不害怕。於是，他決定避開關於神域的討論，隨便聊點可有可無的話題。

他問：「你年輕的時候怕死嗎？比如第一次見到我之前，你被關在囚車裡，是不是也很害怕？」

伯里斯說：「我要是說那時我不太害怕，您相信嗎？」

「真的不怕？」

「反正不是現在這種怕。這麼說吧，年輕的時候，我並不相信自己很快就會死，即使處境再差，內心深處也還是存在著一絲僥倖，覺得自己沒有那麼容易完蛋。年輕人都是這樣，所以他們會做很多危險的事。不是不怕，是預想不到後果。」

「你是說人老了之後更膽小嗎？」洛特想逗他多說點話，現在看起來反應不錯。

伯里斯認真思索了一下，說：「您還記得嗎？去亡者之沼找您的時候，我轉移靈魂，用了一個禿頭沒有耳朵的年輕屍體。」

「當然記得。對了，你為什麼要用屍體？」

「上了年紀之後，我做事心裡都很不安穩。」伯里斯說，「為了順利找到您而不出任何差錯，我決定操控一個年輕一點的身體。」

「為什麼，你原本的身體生病了？」

伯里斯苦笑道：「不算生病，就是有一些老人常見的毛病而已，不至於馬上病死，但又讓人每分每秒都在擔心死亡。您能明白嗎？每分每秒，每天睡前都害怕明天無法醒來；走下階梯的時候害怕腿軟站不穩摔死；坐在地上施法完後不敢馬上起身，害怕一頭暈就再也站不起來了。每天都這樣活著，一邊怕死，一邊若無其事地處理各種日常瑣事。」

洛特不知道該如何作答。他覺得這些話不像伯里斯的風格，這種心境哪裡像一個傳奇的施法者？簡直就是一個隨處可見的老先生。

可是轉念一想，伯里斯又有什麼特殊的地方呢？搞不好所有的老法師或老國王都這樣想，現任奧法聯合會的議長也這樣想，活了千年以上的老精靈也這樣想，只不過他們沒有公開說出來而已。

伯里斯說著，身體忍不住打了一個寒顫：「大人，我現在就和那時候差不多……」洛特心裡一緊，想找點輕鬆的話來回應他，但他還沒想出來，伯里斯就接著說：「被您變年輕後，我算是暫時解脫了。解脫到幾乎有點得意忘形的地步。」

「我一點都沒看出來你得意忘形。」洛特說，「我覺得你一直都很害羞。」

伯里斯完全無視他的調戲，說：「現在，那種感覺又回來了，我又開始害怕了。而且，我不知道自己正不正常，這是我自然而然產生的情緒嗎？還是，是黑湖神域在催促著什麼？」

洛特從牽手的姿勢改為緊摟著法師：「唉，我很慚愧。伯里斯，我不知道該怎麼做才能讓你不害怕。」

其實洛特也認為伯里斯的狀態不正常，但他不想說出來。伯里斯已經開始被黑湖侵蝕了，再深入談論這些，也只會加重他的恐懼。

在神域之中，凡人是何等無力，即使是德高望重的施法者，現在也脆弱得猶如風中枯葉。

伯里斯靠在他身上說：「您想怎麼做，就去做吧，不用想辦法安慰我。以前您能把我從希瓦河帶到珊德尼亞，現在您也一定能帶我離開這裡。」

「好。」洛特摟著他，捏了捏他的肩膀。

不知不覺間，綠意已經出現在他們面前。當兩人踏入第一片草叢時，天色突然暗了下來，白晝眨眼之間變成了黑夜。

夜空是純粹的漆黑，沒有月亮與星光，大地上卻鋪落著滿月之夜才有的寒霜。草木消失不見了，取而代之的是一條筆直的長路，道路兩邊半人高的荒草一望無際。

回頭望去，來時的戈壁已經不見了，身後仍是一條長路，路的遠方是混沌不清的黑暗。

進入「黑夜」之後，伯里斯突然睡著了。

洛特謹慎地觀察了許久，才確定他不是昏倒，而是真的睡著了。如果搖晃他、呼喚他，他會半睜開眼睛，含含糊糊地隨便回答一句，然後又重新回到夢鄉。

洛特只好再次抱起法師，沿著長路繼續向前。

時間的概念已經不存在了，他們不會感到飢餓，也沒辦法根據步伐來判斷遠近。

洛特在荒涼的道路上跋涉了很久，終於看到了不一樣的景色。長路被橫斷割開，形成了陡峭的懸崖，裂谷大約十幾公尺寬，兩側延伸至視野盡頭，而且深不見底。

洛特站在懸崖邊，谷底的虛空中漾起紅光，紅光映照在他黑色的鱗片上，讓他如同穿上了一層火焰色的鎧甲。

這是龐大的煉獄之力。洛特讓眼中的火苗熄滅，靜靜聆聽和感受，他看到煉獄君主沿著長路奔襲，把身後的地面割出巨大的裂縫，魔鬼的血與力量一路不斷剝落，有些墜入了裂谷下無盡的虛空之中。洛特繼續追尋著這股力量，懸浮著慢慢飄過裂谷。

雙腳踏上對面的土地後，天空又瞬間明亮起來。

他們身在一片茂密而古老的森林中，樹木彼此擠壓糾纏，只有一條野獸專用的小徑可供行走。雖然處於白晝，森林仍然相當昏暗。

伯里斯醒過來了。洛特問他感覺如何，伯里斯卻神色恍惚，目光無法對焦。洛特要帶著他往前，他不表態也不抗拒，他的眼神中寫滿畏懼，表情卻呆滯得幾乎不合常理。洛特忍不住懷疑，難道伯里斯已經不認識他了？他放棄詢問，沉默地帶著法師繼續前進。

森林裡的景色並非一成不變。不知走了多久，死氣沉沉的密林逐漸鮮亮了起來。潮濕的泥土變成一地綠茵，花叢取代了陰暗的荊棘，樹葉像綠寶石雕琢而成一般，在微風中抖落出耀眼的光芒。

洛特穿過初春的森林，沿著開滿野花的坡道走了下去，走向夜幕，進入盆地。

盆地中是一片花海，每朵花上都浮著暗淡的綠色微光，像螢火蟲一樣慢慢游弋，成為夜空下的光源。這裡是森林的中心，風暴的風眼，也是黑湖的盡頭。

洛特一個人站花海中，伯里斯已經不見了。

黑湖守衛和煉獄君主都在這裡。他們殘留的力量慢慢下陷，像網中最重的物體一樣沉積在位面中心，與黑湖中氤氳的亡靈之力融合在一起。這裡正是骸骨大君第一次醒來的地方。

洛特伸出手，所有螢火都向他圍攏過來。

他熄滅眼中的幽火，放鬆身體，跟著光芒一起墜落。

再次睜開眼睛的時候，他看到了湖水。這是他記憶中的黑湖，一片無邊無際的亮黑色鏡面。

他靜靜地浮在湖面上，螢火匯聚在水下，在他背後編織出一對巨大的翅膀。

以前洛特無數次想像過「繼承黑湖的力量」會是什麼樣的情景。他認為自己會聽到黑湖守衛的聲音，可能也會聽到煉獄君主的聲音，他非常戲劇化地演繹與那兩人的對話，編出了一堆非常文藝的應答句式，連詞語押不押韻都計畫得天衣無縫。但現在，他全都想不起來了。就算能想起來，他也無法使用。

他聽不到任何確切的聲音，只能感受到直接傳入他腦海的、來自黑湖位面的意識。

奧吉麗婭望向天空，黑斑好像動了一下。她突然意識到，那是一個眨眼。黑斑倏忽褪去，展露出更加幽暗的內部，然後又立即合攏，恢復成之前的模樣。祭臺上只剩下奧傑塔，還有一條棕色的舊斗篷。法師與洛特巴爾德都已不見蹤影。

奧吉麗婭在震驚之餘仍然防備著席格費，但席格費並沒有繼續向她進攻。

獅鷲和銀龍都仰望著天空，奧吉麗婭也因為好奇而抬起頭。

她受過傷的腳踝突然一陣劇痛，疼痛逆著血液流回心臟，在心臟上猛然炸開，讓她雙腳一軟跪倒在地。她咬著牙解開幾顆釦子，發現自己胸前多了一枚指腹大小的燙傷痕跡。

那是紡錘形的黑色痕跡，和天上的眼睛一模一樣。她望向席格費，獅鷲身上的羽毛太厚，看不見胸前的皮膚，但從他顫抖的樣子來看，他應該也正在經歷一樣的事情。

她掙扎著靠近祭臺，想看看奧傑塔的情況如何。這時，天上突然炸開一聲驚雷，震得高塔都搖晃了起來，天空中的黑斑忽明忽暗地閃爍著，邊緣上裂開一道微小的隙縫，露出了背後顏色正常的天空。

接著又是一聲雷鳴，黑斑徹底粉碎。它像乾枯的樹葉一樣碎裂成粉末，如黑色雪花般簌簌落下。

黑雪的數量足夠覆蓋整個塔頂，但它們卻只包裹住了祭臺，以及祭臺上面的奧傑塔。

黑雪落完後，天上的眼睛完全消失。奧吉麗婭摸了摸胸口，感覺身體不再疼痛，灼傷也不見了。

她小心翼翼地站了起來，身後突然爆發出「嗷嗚」一聲嘶吼。她回過頭，只見席格費仰起脖子，抖動著翅膀，瘋狂地哭號。看來席格費也恢復意識了，沒等到主人親他，他就自己擺脫了控制。

奧吉麗婭愁眉苦臉地摸著獅鷲的羽毛，不知道應該先安慰他，還是應該先罵他一頓讓他閉嘴。席格費哭著哭著突然止住聲音，像被什麼噎到了一樣，奧吉麗婭問他怎麼回事，他顫抖著伸出前爪，指向祭臺。

包裹住祭臺的黑色積雪全都消失了。巨龍重現身姿，伸直脊背，昂首展翅，掙脫了束縛他的黑色尖錐。

巨龍身上趴著一個昏迷不醒的人類。席格費記得那個人，那是主人的盟友，一個慈祥的小法師。

「奧吉麗婭妳看……那是什麼……」席格費帶著渾厚的哭腔問道。

少女呆呆地回答：「那是我們主人的法師。」

「我不是說他。我是說，他身邊的那個生物……那是……什麼……」

「一頭……疑似奧傑塔的生物？」

法師還是那個法師，但銀龍好像不再是那個銀龍了。

致施法者伯里斯閣下及家屬

現在的奧傑塔，是一頭有著金屬質感的黑白條紋龍。

獅鷲與少女愣愣地看了好久，終於忍不住一起尖叫起來——

「主人怎麼了？奧傑塔怎麼了?!」

「黑湖裡到底發生了什麼?!」

致施法者
To Burris the Spellcaster and His Family Dependent
伯里斯閣下及家屬

Chapter 04

太陽已經升高，塔下的戰鬥也結束了。活屍和魔像七零八落地碎了一地，而傀儡騎士們終於可以重歸於安眠。

法師海達一聲令下，劍盾兵構裝體瞬間抱在一起，組成了一支表面凹凸不平的攻城槌。幾名銀鋒騎士列隊上前，抬起攻城槌，開始向著白塔大門撞擊。

現在的白塔大門並不是真正的門板，而是由魔法塑造而成的虛體壁障。半精靈葛林迪爾專攻異界學，對隔絕空間類的法術有深入研究，別的法師在對付怪物時，他一直在試圖破解壁障法術。

塔上的防禦並不複雜，他已經了解法術的構成，卻無法破解防禦，他隱約感覺到，有種無法探知的力量在從中干預。

現在，那股力量被突然撤銷了，防禦術的結構發生了變化。於是葛林迪爾根據解析結果，設計出了附魔攻擊與物理攻擊並行的破門方式——法師們為構裝體施加特定魔法，構裝體團抱成攻城槌，再由騎士們透過物理攻擊讓力量有效爆發。

防禦很快就被攻破，隨著「大門」被撕裂開來，整座塔的壁障也逐漸消失。銀鋒騎士們警戒地走進塔內，法師們放出幾隻能夠飛行的小構裝體，讓它們飛入上層，自己則緊隨在騎士身後。

他們很快就在大議事廳找到了伊里爾。當然，他們只看到了被困住的白衣人，根本不知道他是誰。

銀髮白衣的少年蹲在次元級護罩裡面，護罩外懸著一把黑色長槍，長槍上散發著濃厚的死靈系波動。在一般人看來，這個畫面比較像是伊里爾施法抓了一個人質。

伊里爾表現出滿臉畏懼的模樣，無論闖入者問什麼，他都一言不發。

葛林迪爾摸著下巴嘟囔道：「這種法術很少見，應該也很難移除。」

另一個法師說：「那個防禦還是可以去除的，只是有點麻煩。主要是長槍不好處理。」

「我先看看是怎麼回事吧。」說著，半精靈放出解析法陣，開始觀察。

看了一會兒之後，他和另外幾個法師湊在一起，嘀嘀咕咕地商量起來。伊里爾使用著奧傑塔的化身，聽力十分靈敏，雖然法師彼此輕聲耳語，他還是聽到了零星幾句話。

「內部沒辦法，從外面還是能消除的。」

「其實再等幾小時也差不多了。」

「沒必要浪費時間。」

「這個連鎖法術非常巧妙……」

「我一個人不行，會被反噬的。」

「這沒什麼問題，我們可以分工，也建立一個連鎖法術，比如……」

「薩拉你真有想法。嗯，對，對……確實可行。」

半精靈葛林迪爾回過頭，望向白衣少年：「好，既然我們都分析清楚了，那麼……」白衣少年站了起來，期待地盯著他。他繼續說道：「那麼，我們就更不能解開這個法術了。」

伊里爾終於忍不住吼了出來：「你說什麼?!」

葛林迪爾冷哼一聲，說：「從分析結果看來，長槍形態的連鎖法術應該是伯里斯‧格爾肖大師留下的。雖然我們不知道你的身分，但既然他要抓你，我們就不能讓你跑掉。」

「你把伯里斯找過來！」伊里爾吼道，「我要跟他單獨談談！」

半精靈噗地笑了出來：「你是不是還想朝他丟白手套決鬥啊？」

「有些事我只能跟他談。」

「你想申辯什麼就直接說吧，和我們談也是一樣的。」

「你們沒資格聽，你們算什麼東西？」

葛林迪爾笑道：「我代表五塔半島法師同盟，為什麼沒資格？」

旁邊的幾名法師也走上前。

藍衣男性舉起手上的金屬璽戒：「我代表奧法聯合會議長德洛麗特女士。」

身材高䠷的女法師說：「我代表西南真理塔與十國邦聯理事院。」

一名灰袍年輕人說：「我代表希爾達教院全體教職人員。」

他們說完之後，葛林迪爾問白衣少年：「我們已經表明身分了，那麼，你又算什麼東西？」

伊里爾剛要還嘴，昏暗的走廊內便傳來一個聲音：「好了好了，大家也不必這麼執著於口舌之快……」

法師們齊齊轉向大議事廳入口，向來人微微鞠躬致意。伯里斯．格爾肖慢悠悠地走進來，向年輕人們點頭回禮。

現在的格爾肖大師有些狼狽，他手上沒有枴杖，身上的居家衣袍沾滿焦土，光禿禿的頭頂上還落了一層炭灰。

葛林迪爾與海達距離他最近，他們趕緊走過去扶住八十四歲的老法師，將他小心地攙扶到眾人中間。

此時，奧傑塔和席格費仍留在祭臺，奧吉麗婭則躲在螺旋樓梯上，偷偷聽著議事廳裡的動靜。

伯里斯當然沒有真的變老，他還是二十歲的模樣。醒來後，他完全想不起來發生過什麼，他看看席格費，看看奧吉麗婭，又看看身邊巨大的黑白條紋龍，然後被震懾得茫然呆坐了許久。

他不記得自己是怎麼從神域出來的。他只記得自己被丟進黑湖，洛特追了進來，還抱著他，與他在戈壁上聊伊里爾到底有多蠢。之後到底發生了什麼，他的記憶一片模糊。

他還記得，洛特在繼承黑湖後會被強制拉回人間，同時，黑湖位面會被撕扯出一道裂口，神域元素會像瘟疫一樣擴散開來。

現在看來，這些都沒有發生，位面薄點不見了，黑湖元素也沒有擴散。人間最重大的變故，是奧傑塔從銀龍變成了斑馬龍。

斑馬奧傑塔處於神遊的狀態中，問他什麼他都毫無反應。他身上的黑白條紋不是完全固定的，而是以極為緩慢的速度流動著。伯里斯推測，也許奧傑塔正在與某種力量抗爭，一時無法回應外界的呼喚。

更關鍵的是，洛特在哪裡？伯里斯重新出現在祭臺上，洛特卻不見蹤影。

伯里斯靠在斑馬龍身上，和奧吉麗婭聊了一會兒。他們兩個其實都不太冷靜，但此時卻必須逼著自己冷靜下來。席格費一邊抽泣一邊觀察塔下的情況，沒過多久，他說外面的人已經攻入白塔了。

伯里斯思考著，最好不要讓年輕人貿然與伊里爾交鋒。所以，儘管心懷忐忑，他也只能暫時拋下祭臺上的事情，先去處理議事廳內的情況。

他為自己施展變化法術，變回了八十四歲的禿頭老人形象。原本他不想在同行面前這麼做，因為同行會發現他身上蕩漾著源源不絕的魔法波動。但現在情況不同了，霜原上的元素與魔法波動都被奧傑塔梳理過，它們變得非常均勻，非常難以辨識，就像一碗被攪成細膩糊狀的無牙老人特餐。法師們無法直接察覺，除非是火球或電槍那種肉眼可見的類型。

此時，元素梳理的效果仍未消散，法師們連突兀的死靈系波動都難以察覺，更何況是小小的變化肉體法術了。他們只會看到伯里斯蒼老的面孔，不會察覺到這副面孔是被魔法改造過的。

其實要發現波動也不難，只要直接對著伯里斯的臉施展解析法術即可。但是，沒有人會對傳奇大師這麼做的，就算不顧禮儀嘗試解析他，也應該解析他的衣袍或者材料袋，誰會專門研究一張溝壑縱橫的老臉。

伯里斯被法師們簇擁著，望向被困住的伊里爾。

他以為自己會被伊里爾狠狠瞪視，但目光相接的時候，伊里爾卻只是不屑地瞥了他一眼。

伯里斯啞然失笑，原來伊里爾根本沒認出面容蒼老的他。

葛林迪爾問：「導師，這個人是您抓住的嗎？他是什麼人？」

葛林迪爾不算伯里斯的學徒，他只是在教院內聽過伯里斯的課，但他仍然習慣稱伯里斯為導師。

聽到這句問話，白衣少年的表情明顯緊張了起來。伯里斯心想，這下他明白我是誰了，而且他在害怕，害怕被識破身分。

他知道自己的狼藉的名聲，在他占盡優勢的時候，他希望自己聲名遠播，讓人們聞之生畏；等他陷入困局之後，他的名字卻像一張處決令，足以讓他當場再死一次。

從伊里爾不安的表情中，伯里斯還隱約猜到了一件事：奧傑塔與伊里爾的聯繫恐怕已經斷開了。剛才在祭臺中，席格費和奧吉麗婭也這樣猜測過。

奧傑塔已經收回了所有化身，只有這個白衣少年仍被困在次元級護罩裡，現在奧傑塔身上發生了變故，他滯留在外的化身就被徹底排斥出去，變成了一具普通的人類肉體。

這種能力幾乎等於憑空造人啊。伯里斯默默感慨著，奧傑塔不愧是被稱為「世間僅有的奇蹟」。

伯里斯與白衣少年對視了幾秒，緩緩說道：「我不知道他的具體身分，只知道他與白塔之主伊里爾有著很深的聯繫，不能讓他跑了。」

這個結論並不意外，法師們都認為白塔的異常肯定與伊里爾有關。葛林迪爾問：「那您覺得，現在應該怎麼辦？」

「我來擊破他的防禦術，你們一起做一個奧術牢籠。」伯里斯說，「然後把他送到奧法聯合會，聯合會自然會有專家來查明一切。」

法師們領首認同，開始按照伯里斯的意思準備法術。伊里爾低下頭，沉默不語，也偷偷鬆了一口氣。

同樣鬆了一口氣的還有外面的奧吉麗婭，她十分擔心大君的事情被洩漏。

談到伊里爾，就必然要談到他的目的；談到他的目的，就肯定會暴露奧傑塔。順著這些詢問下去，奧吉麗婭、席格費，以及（可能已經成為真神的）半神本人也都會暴露於人們的視野之中。

奧吉麗婭不是很懂人情世故，說不清楚暴露後到底為什麼不好，她只是出於直覺，認為這種局面肯定很糟糕。

奧吉麗婭聽到法師們齊聲念咒，其中還包括伯里斯的某種咒語。他解除掉了次元級護罩，黑色的連鎖法術長槍刺入伊里爾體內，把他困在原地，任人擺布。

伊里爾沒有說出自己的真實身分，伯里斯也沒有揭穿他。

奧吉麗婭一時分不清，這到底是法師心軟了，還是僅僅因為他想保護奧傑塔和主人。

法師們開始向外移動時，奧吉麗婭飄浮起來，躲到上面一層的陰影中繼續偷聽偷看。

銀鋒騎士們抬著一個半透明的茶色方形力場，這大概就是伯里斯說的「奧術牢籠」。伊里爾被關在裡面，黑色長槍把他和背後的一塊空心石板捆在一起，他的眼神怨毒得像要噴火，但卻只能乖乖躺在牢籠之中。

騎士們列隊整齊地沿著螺旋樓梯走下去，法師們三三兩兩跟在旁邊，葛林迪爾攙扶著伯里斯走在最後。

伯里斯小聲說：「我建議你們直接開一個大型傳送陣，不要在路上耽誤太多時間。」

葛林迪爾點頭說道：「是的，我們也是這樣想的。銀鋒騎士來的時候用的就是大型傳送陣，我們打算借用他們的成品，先和他們一起回到北星之城，然後聯繫奧法聯合會的其他法師。畢竟臨時布置大型法陣也要花費很多時間，所以這樣也許更好。」

「好，北星之城很好。」伯里斯佝僂著背說，「出去之後，我就不和你們一起行動了。我自己會傳送回不歸山脈，需要我的時候，你們可以隨時與我聯絡。」

半精靈連連點頭。他聽說過伯里斯年輕時的經歷，推測這位法師一定不怎麼喜歡北星之城。而且，人類在八十四歲高齡已經相當脆弱，他在北方勞累了一宿，肯定已經疲憊不堪，雖然後續調查少不了伯里斯的協助，但至少應該讓他先回到塔中休息一下。

「需要我陪您回去嗎？」葛林迪爾問。

「不用，有一個學徒跟著我來了。她還年輕，無法應付這些事情，我讓她躲在最下層。現在高塔的防禦已經攻破，我和她可以走出去了。」

聽到這些話，奧吉麗婭立刻從窗戶飄到塔後，降到一樓再鑽進來，找一個亂糟糟的角落，表現出無辜的樣子老實蹲下。

這讓她想起以前的一幕：主人為了嚇唬黑松，叫她躲在酒館後街的柴火堆上假裝暈倒。沒想到主人的法師也擅長這樣騙人，怪不得他們能合得來。

攙扶著老法師的半精靈順利找到了「年輕學徒」。「學徒」的穿著黑漆漆的，躲在黑漆漆的殘垣後面，臉上帶著極為自然的驚恐表情。

葛林迪爾把伯里斯交給她，叮囑她要好好照顧老法師。與葛林迪爾分別後，奧吉麗婭攙扶著伯里斯走向塔後，找一個地方偽裝出被傳送走的假像。

奧吉麗婭暗暗感到奇怪，伯里斯明明是在假裝蒼老，但他的腳步竟然真的有點虛浮。

伯里斯施展短程的即時傳送，帶著奧吉麗婭回到了塔內的螺旋階梯上。祭臺無法透過法術到達，要想回去，仍然必須一路向下踩過正確的石磚。

「妳叫奧吉麗婭，是嗎？」伯里斯走在前面，背躬得越來越低。

奧吉麗婭見過別的老人這樣走路，他們只能盡力站直一小會兒，走著走著，就會越來越佝僂。但伯里斯現在是二十歲，他只要解除身上的變化就可以正常行走了，難道他忘記了這一點？

奧吉麗婭憋著疑問，回答道：「是的，我是洛特巴爾德大人的第一個造物。」

伯里斯半天沒說話，只是扶著牆壁默默往下走。

差不多要到達底部時，伯里斯又問：「妳能感覺到骸骨大君在哪裡嗎？」

奧吉麗婭回答：「現在……我感覺不到。」

「感覺不到，妳就不著急嗎？」老人顫巍巍地回過身，他愣了一下，意識到自己的失態，又低頭嘆了口氣，「抱歉，我不是在指責妳。來吧，我們先想辦法把奧傑塔帶走。」

回到祭臺上，伯里斯忙著施法破解空間限制，以便把奧傑塔移出塔頂。在繁瑣的施法過程中，他發現自己的手指比平時僵硬很多。這時他才想起來，他應該解除變化法術，回到二十歲的狀態。

當天下午，伯里斯帶著三個造物離開白塔，經過數個法陣的轉跳，終於在黃昏之前回到了不歸山脈。山脈森林中有一塊魔法迷宮，足夠寬敞和安全，距離高塔也不遠，正適合藏匿巨大呆滯的黑白條紋龍。

奧吉麗婭留在迷宮區域裡，想多陪陪奧傑塔。伯里斯本來也想觀察一陣子再走，但他實在太過疲憊，注意力根本無法集中，所以他決定先回塔裡休息。席格費主動讓他趴在自己身上，把他載回了高塔門前。

到了塔前，席格費停下腳步，結結巴巴地叫醒了伯里斯，伯里斯從獅鷲的羽毛裡抬起頭，望著塔前一大群亡靈虛體士兵。

不光有虛體士兵，還有幾個首領模樣的獸人骷髏，它們拿著削尖的牛骨，騎著豬……準確說，是巨大的野豬屍骨。

塔門打開了一道小縫，赫羅爾夫伯爵歡叫著飛奔出來。見到席格費，牠不但不害怕，反而在獅鷲身旁不停地跳躍轉圈，這也許是因為席格費身上多少沾有一點洛特的氣息。

伯里斯從獅鷲背上垂下手，摸了摸狗的頭。赫羅爾夫伯爵催促般叫了幾聲，朝森林跑了幾步，又折返回來，彷彿在問他洛特藏在哪裡。

在狗之後，門縫裡又出現一張金髮碧眼的蒼白臉蛋。黑松小心翼翼觀察了一會兒，終於放心地跑了出來，三兩步來到獅鷲面前。

伯里斯麻木地看著他：「麻煩你把這些東西撤走。」

「我已經知道了！」黑松激動地湊過來，「我都知道了……呃，我已經知道您是誰了。我不是故意知道的，是因為……那個……那時他的意識傳了過來……」

伯里斯心想：完了。伊里爾真是在大事小事上都遺禍萬年。

黑松把右手放在心口，大聲說：「導師，如果您想隱瞞這個……呃，這個變化，那麼我一定會替您保守祕密，絕不會向任何人透露真相。請您相信我，我以我生命中摯愛的一切起誓。」

伯里斯看著精靈的右手。他右手的小指被伊里爾弄斷了，現在手上正固定著夾板。

「你先把虛體都撤走……」伯里斯無力地擺擺手，「還有獸人骷髏和豬……」

黑松猛點頭，趕緊遵命照辦。礙眼的亡靈士兵們消失之後，伯里斯從獅鷲身上滑下來，拖著腳步慢慢走入塔門。

他在會客室裡找了張躺椅，倒進去一動不動。

他告訴自己，現在還不能放鬆，事情遠遠沒有結束，奧法聯合會還要調查白塔的事情，洛特也還沒回來。可是無論怎麼提醒自己，他還是思維飄忽，無精打采。

黑松湊到席格費身邊，小聲問他奧吉麗婭在哪裡。席格費看著曾一同患難過的精靈，想到之前的遭遇，想到行蹤不明主人，再想到黑白相間的奧傑塔……他鼻腔一酸，以翅掩面痛哭了起來。

伯里斯的發呆時光並沒有持續多久。幾分鐘後，高塔內響起鈴鐺聲，有人在用傳訊水晶呼喚他。

他叫魔像威利斯先生把水晶搬了下來，擺在會客室裡。他關掉了水晶的影像功能，只接收聲音。偽裝聲音比再施展變化法術要省力多了。

水晶裡傳出葛林迪爾的聲音。他說出現了緊急情況，必須向伯里斯彙報。伯里斯腦袋發脹，捏著眉心叫他說下去。

這個「緊急情況」還挺一波三折的。簡單來說，「可疑的白衣少年」差點就跑了。幸好，最後他又被抓了回來。

法師和騎士向大型傳送陣撤離的時候，突然遭遇到一隻寒夜梟。它不是活著的異界生物，而是已化為枯骨的不死生物，它的攻擊十分猛烈，但似乎缺少理智，沒有特定目標，法師和騎士共同作戰，很快就將它擊退。

寒夜梟會飛，不太好追捕，銀鋒騎士的隊長建議先不管它，之後再派人回來清理，而法師們表示認同。

奇怪的是，寒夜梟被驅走之後，奧術牢籠裡的白衣少年突然發狂了。他怒罵著一堆詛咒和髒話，又想做出施法的姿勢，又不停捶打力場壁障，他鬧得太厲害，銀鋒騎士們只好先放下牢籠。

這時，一名法師做出了一個愚蠢的決定：打開奧術牢籠，檢查少年出了什麼問題。

本來這也沒什麼，因為伊里爾根本打不過這麼多人，特別是在他失去奧傑塔之後。所以伯里斯才會放心地回到不歸山脈，把瑣事丟給學生和同事。

如果伊里爾試圖逃跑或攻擊，法師們肯定能立刻制伏他，但他偏偏沒有這麼做。被從牢籠中放出來後，他繼續咒罵發瘋，但沒有傷到任何人。他造成的最大傷害，就是踢了一個騎士好幾腳。

伊里爾鬧得累了就趴在地上動也不動，眾人對他稍微放鬆了警惕。隊伍暴露在毫無遮擋的平原上，這時，寒夜梟突然去而復返。

它從低沉的濃雲後面俯衝突襲，導致兩名騎士與一名法師受傷，最後，它用雙爪提起了白衣少年。

寒夜梟抓住伊里爾，在箭矢與魔法射線的攻擊中加速起飛，一眨眼的功夫就遁入森林。講述這段過程的時候，葛林迪爾說那名少年似乎真的非常恐懼，他慘叫著掙扎，不像是和怪物合謀逃走。

追入霧淞林後，法師們已經有點體力不支了。他們忙了大半天，基本沒吃沒喝，男性法師大多都累得飢腸轆轆，女性法師則有點低血糖。銀鋒騎士們倒是依舊軍容嚴正，只是被法師拖慢了腳步。

他們在霧淞林裡繞了好久，終於找到了寒夜梟的氣息。他們追到了一小塊水域旁，根據地圖所示，這是希瓦河支流匯成的小湖。湖邊站著數十個霜原蠻族，他們手裡拿著各種奇怪又簡陋的武器，阻攔在騎士們面前，叫他們不要靠近湖水。

騎士隊長問他們湖裡有什麼，一個金髮女孩指著湖面冰層上的大洞說：「湖裡有魔鬼蛇，還有掉進去的飛骨頭。」

霜原蠻族曾經被伊里爾統治過，族裡上了年紀的人都見過不少怪物。他們把會飛的不死生物稱為「飛骨頭」，把手掌蟒叫做「魔鬼蛇」。

騎士詢問她「飛骨頭」是什麼模樣，根據她的描述，那東西就是寒夜梟無疑。

霜原蠻族覺得最近的霧淞林不太安全，已經消失多年的「魔鬼蛇」又出現在鏡冰湖和希瓦河裡。於是他們組織了一支隊伍，從部落向著白塔的方向慢慢靠近，一路偵查是否有怪物再度出現。

今天他們走到小湖附近，發現有個「飛骨頭」正在襲擊人。他們用投石器和長矛驅趕怪物，從它的爪下救出了一名白髮的少年。

「飛骨頭」在試圖反撲時站上了湖面，它的爪子一接觸冰面，幾條「魔鬼蛇」突然從冰下竄出，很快就把「飛骨頭」拖進了湖水之中。

蠻族女孩的通用語說得極好，講這些時還一臉自豪。騎士又問她，那個白衣少年去哪裡了？

她一拍腦袋：**對啊，去哪裡了？好像已經跑掉啦？**

聽到這裡，伯里斯催促道：「後來你們怎麼把他抓回去的？中間的種種努力就不用細說了。」

於是葛林迪爾直奔結局。抓到白衣少年的不是他們，是一個紅髮的年輕術士。

大家之所以知道他是術士，那是因為，他頗有存在感地大聲宣布了自己是一名術士。他一邊把白衣人交給騎士，一邊得意洋洋地掃視著法師們。

這個人顯然就是紅禿鷲。在塔頂的時候，伯里斯就遠遠地看到他施法了。紅禿鷲一直在霜原和霧淞林邊緣活動，沒有靠近白塔，在法師們從塔裡出來之前，他就已經鑽進樹林準備離開了。

伯里斯推測，大概因為他是術士，而且是被席格費強化過的術士，所以他能感知到霜原上微妙的元素波動，敏銳地察覺事情已經結束了。

紅禿鷲遇到了逃跑的白衣人，並把他扭送回法師面前。法師再次把白衣人封入奧術牢籠中，這次他無精打采、渾身癱軟，不吵鬧也不叫罵了。

紅禿鷲沒有細講他們遭遇的過程，法師也不知道他與白衣人究竟發生了怎樣的交流。

葛林迪爾講這一段的時候，奧吉麗婭和暫時變成人形的席格費也溜進塔裡，跟在黑松身邊。

三個人都聽得膽戰心驚。奧吉麗婭和席格費擔心紅禿鷲會說出伊里爾的身分，伊里爾當然不值得心疼，他們只是害怕自己與主人被暴露出來；而黑松擔心的是將來與紅禿鷲再見面時的情景。奧法在上啊，一個術士抓到了傳奇的白塔之主，他再也沒辦法理直氣壯地嘲笑紅禿鷲了。

聽完所有彙報之後，伯里斯問：「現在你們已經在北星之城了？」

「是的。」葛林迪爾說，「白衣人被關在神殿的地牢裡，他嘗試過幾次逃脫，但都失敗了。」

「查到他的身分了嗎？」

「沒查到，他不願意與人交流。海達對他使用了吐真劑，但沒什麼用，他的思維太混亂了，一會兒說自己是銀龍，一會兒說自己是牧師，一會兒說自己是死去的伊里爾……」

伯里斯眉毛一抖，吐真劑還真是好用。但這種供述是不會被採信的，特別是在發言者精神亢奮、行為異常的情況下。

「你怎麼看？」伯里斯問。

「他顯然是白塔之主的崇拜者，可能是想用什麼法術復活伊里爾。還有，我們認為他不是法師，而是一個曾經比較強大的術士。」

會客室外傳來一陣噗哧噗哧的笑聲。伯里斯狠狠瞪了過去，笑聲立刻戛然而止。

「他是術士？」伯里斯謹慎地問，「我也覺得他的力量展現方式比較粗暴，不太像法師。」

葛林迪爾說：「是這樣的，白塔附近的元素流動很異常，隨著嫌疑人被捕獲，元素異常也漸漸平息了。現在我們對他進行檢查，發現他身上殘留著大量被梳理成均衡狀態的元素，這符合術士的身體波動特徵。但與此同時，他的血脈中卻檢測不到施法天賦，也就是說，他的術士能力出現了急性衰退，力量無法發散。」

門外，黑松小聲問：「術士的力量會衰退？」

「會啊。」奧吉麗婭回答，「就和普通人的『力量』也會衰退一樣。正常情況下，你的一切能力都會因為年老而衰退，對吧？而在特殊情況下，年輕人也可能突然變得衰弱，比如受重傷、損失肢體、生重病、跨位面不良反應、被特定魔法詛咒等等。換成術士也一樣，他們的血脈天賦就相當於普通人的行為能力，所以強化和衰退的原理也都差不多。」

聽到這個新的知識，黑松臉上的緊張一掃而空，重新抬頭挺胸了起來。

致施法者
To Burris the Spellcaster and His Family Dependent
伯里斯閣下及家屬

Chapter 05

致施法者伯里斯閣下及家屬

伯里斯輕輕嘆了口氣。他明白為什麼伊里爾會在看到寒夜梟後突然發狂了。

寒夜梟的屍骨被轉化成為不死生物，但還沒有經過最後的優化。此階段的不死生物十分危險，它們有可能會循著靈魂中的聯繫，嗅到施法者的味道，並且優先攻擊施法者。

伊里爾應該有辦法重新控制寒夜梟，或者至少讓它失去行動能力。但伊里爾失敗了。不是施法失敗，是徹底無法喚起魔法。

這都怪他自己，是他把自己的靈魂和奧傑塔融合在一起。奧傑塔收回所有的化身之後，只剩下他因為次元級護罩而被留在外面，他的主意識無法轉移，自然也無法回到銀龍體內。

緊接著，奧傑塔身上突生變故，留在外面的「化身」當然也會受到影響。他的身體被徹底割裂出來，形成了一個單獨的、與奧傑塔毫無關係的生命體。

這個生命體不是原來的伊里爾，也不是現在的奧傑塔，他的腦子裡沒有豐富的奧法知識，血液裡也沒有操縱元素的力量，他就只是一個普通的活人。

由於他身上的波動特徵，別人會以為他曾經是一個強大的「術士」，他妄圖用自己血脈的力量復活白塔之主，然後很不幸地一敗塗地，還因為過度操縱元素而耗盡力量。

伯里斯恍惚地想著，一方面是失去魔法，另一方面是被誤認為是術士，對伊里爾來說，不知道這兩者哪個更加屈辱一點？

與葛林迪爾簡單叮囑了幾句之後，伯里斯暫時關掉了傳訊水晶。黑松走進會客廳，皺眉問道：「導師，您為什麼不乾脆……我是說，直接解決掉伊里爾？」

伯里斯半躺著，瞇著眼睛回答道：「我的學生們解決他，和我親自解決他，本質上是一樣的。」

黑松捧著自己的右手，還是心有餘悸。伯里斯說：「我明白你的憂慮。你別怕，奧法聯合會和神殿都很重視這件事，面對一個已經失去力量的『術士』，看在他對伊里爾『很有興趣』的分上，他們也不會輕易放過他的。處理此事的有聯合會高層，還有銀鋒騎士的法師教官，再加上教院和五塔半島，那些人加起來比十個我都還強大，伊里爾在他們手裡，比在我這裡更加穩妥。」

「萬一伊里爾再做什麼危險的事呢？」

「那他就真的不想活了，現任的議長比我嚴厲多了。」

黑松又問：「那……他們不會懷疑您做了什麼壞事吧？畢竟您以前曾經是……」

伯里斯笑道：「放心吧，他們很相信我。要是我想做壞事，我早就做了。」說到這裡，他突然前所未有地感嘆道：「黑松，其實你的年齡比我大啊。正因為這一點，你反而缺少了某種感觸……」

精靈傻傻地歪了歪頭，不知道導師為什麼突然說起這個。

伯里斯說：「世道變了，很多事已經不那麼罕見了。你仔細想想是不是這樣。現在已經不是一個法師就能稱霸四方的時代，所以人們反而不需要神經兮兮地防備我。」

黑松的臉色稍微放鬆，問：「您是不是累了？我再去做一杯『復生之血』好嗎？」

「不用了，你的手別碰水。」

說完之後，伯里斯瞟向黑松，同時也看見了會客室門口。奧吉麗婭遠遠地看著他們，她身後還有一個……一個棕紅色頭髮的壯漢。

「那是誰？」伯里斯瞬間坐了起來，壯漢隨之抖了一下。

奧吉麗婭連忙解釋：「這是席格費。呃，他的化形能力比較差，他每次變出來的人都長得有點不一樣……」

管他一不一樣，這是我第一次看見他變成人。伯里斯長嘆一口氣，又躺了回去。

看著他們，他又想起黑白相間的奧傑塔。如他所說，一個法師的能力有限，但一個奧傑塔卻真的有可能顛覆世界。

至今為止，他還從未和奧傑塔直接溝通過，不知這頭龍到底是個什麼性格。從《白銀頌歌集》的描述來看，奧傑塔十分善良溫和，應該不會是包藏禍心的邪惡之輩。

一切都漸漸平穩下來了，那麼，洛特在哪裡呢？

是留在黑湖神域？還是融合在奧傑塔身體裡？難道銀龍身上的黑色斑紋是他？或者他也回到了人間，只是流落到不同的座標上？

如果他真的與奧傑塔融為一體，他還能保留原來的意識嗎？如果他留在了黑湖神域，他還有機會回來嗎？

伊里爾根本不算什麼。最最重要的是，洛特巴爾德到底怎麼樣了？

伯里斯全身泛起一陣寒意。六十年前，他二十歲，他下定決心要找到骸骨大君；六十年後，洛特被他找到了，他又變回了二十歲的狀態。然後呢？然後骸骨大君又一次消失在別的位面了？

二十歲的時候，他一點也不焦慮，反而滿懷希望。可是現在他只會不停地想：我該怎麼辦？為什麼我年紀這麼大了還要這麼著急？

「黑松……」伯里斯蠕動了一下，臉朝著躺椅的軟墊。

「什麼事，導師？」

「你出去一趟，和你的同伴去看看奧傑塔怎麼樣了。出去之後，幫我把門關上，我不叫你就別進來。我要休息一下。」

黑松聽話地離開會客室，離開高塔。走在森林的小徑上，他和奧吉麗婭嘟嘟囔囔地爭論起來。

奧吉麗婭說小法師可能哭了，席格費也支持她的觀點。而黑松說他的導師和一般人不一樣，導師的內心十分強大，才不會動不動就抹眼淚呢。

致施法者伯里斯閣下及家屬

第二天，伯里斯派「學徒柯雷夫」去希爾達教院參加了一場會議。回來之後，又透過傳訊水晶與奧法聯合會聊了很久。

大家都知道伯里斯上了年紀後不愛出門，也都知道他有個名義上是學徒的直系後代。所以，當人們看到那個面色疲憊、憂心忡忡的小法師時，都對他致以親切的慰問與溫暖的鼓勵，沒任何人質疑為什麼格爾肖大師不親自出席。

格爾肖大師因為白塔的事而病倒了。雖然他說自己病情不重，但畢竟他都八十四歲了，就算用傳送法陣來往於各種會議之間，對耄耋之年的老人來說也是不小的負擔。

而奧吉麗婭和席格費則守在森林中的魔法迷宮裡，時刻觀察著奧傑塔的情況。奧傑塔的形態時大時小，最大時，即使他趴在地上，背上的棘刺也超過了林中最高的樹冠；最小時，他的體積幾乎與河馬相仿，令奧吉麗婭想起「不歸山脈裡有暗黑大河馬」這一則笑話。

更多的時候，他還是跟以前一樣。他不是在睡覺，所以眼睛一直睜開著，有時席格費會覺得他在注視著自己。他好像是清醒著，只是一直不能動彈而已。

伯里斯每天都親自來看奧傑塔，還帶來了一堆圖紙、水晶和瓶瓶罐罐。每次施法後，他都愁眉苦臉地默默離開。

今天黃昏，黑松正在廚房裡製作「復生之血」。他聽到赫羅爾夫伯爵歡快的叫聲，知道一定是伯里斯回來了。

他在杯子上撒裝飾花瓣的時候，伯里斯正好坐進會客室的躺椅上。

伯里斯好像在和誰說話，黑松走出廚房，在走廊裡仔細聆聽，聽清楚之後，不由得心裡一緊。

導師一向精明能幹，嚴肅冷靜，而現在，他竟然在無意義地自言自語……不，比自言自語更糟，他在絮絮叨叨地對狗說話。

伯里斯的坐姿彷彿回到了八十歲的狀態，他躬著背，縮著肩膀，一副死氣沉沉的模樣。狗就坐在他的面前，把下巴放在他的膝蓋上。

「赫羅爾夫啊。」法師摸了摸狗的頭，「我這麼叫你，你知道是為什麼嗎？你知道有什麼區別嗎？」

黑松嚇了一跳，他還以為狗真的要開口回答了。當然，小黃狗只是小幅度地搖著尾巴，並沒有吭聲。導師再怎麼神通廣大，也不至於能教狗說話。

伯里斯接著說：「我告訴你吧。因為赫羅爾夫伯爵的『伯爵』是洛特封的。你是他的臣屬，如果他不在，你就不是伯爵了，你就只是赫羅爾夫，知道嗎？」

黑松站在走廊裡，端著飲料，一時不知道該不該走進去。

導師的語氣讓他想起了一個遠親的叔叔。那位老精靈比他父親年長三百歲，性格溫和，但有些孤僻。他年輕時喜歡四處遊歷，還和野蠻的海島精靈組建了家庭，可惜的是，後來他被迫和愛人分離，至今再也沒有見過妻兒。

老精靈住在偏遠的森林裡，這輩子再也沒有結識新的愛人。黑松見過他幾次，他不愛理別人，卻經常對著樹木或小動物絮絮叨叨，好像那些東西能聽懂他的話似的。

很多人以為精靈能聽懂動植物的語言，但根本不是這樣。精靈才聽不懂呢，能與它們對話的是木精和水妖。

老精靈曾經救過一隻受傷的白鸛。那次，黑松去採集藥材，正好路過老精靈家附近，他聽到老精靈對白鸛說：「你長得有點像海鷗。你說，你怎麼長得那麼像海鷗呢？你見過海鷗嗎？我見過。我和她一起看過很多海鷗，海鷗還搶了她手裡的捲餅，捲餅裡有烤貝肉。你是白鸛，不是海鷗，你肯定沒吃過那種捲餅吧？」

回想起這些，黑松大吃一驚，他好像接連發現了導師的兩個大祕密。第一，導師用某種神祕的方法徹底變成了年輕人；第二，導師和亡靈惡魔龍的關係非同一般。

之所以能確認第二點，是因為黑松也明白找不到心上人的感受。他見過遠親老精靈那副半死不活的樣子，他自己也曾因為與奧吉麗婭分開而失魂落魄。

黑松輕手輕腳走進會客廳，把「復生之血」放在導師面前的矮桌上。

桌上擺著一隻金屬小鳥，鳥嘴裡銜著小指粗細的羊皮紙卷軸。以前他見過這個東西，薩戈王都的法師都用它來聯繫伯里斯。

沒等黑松開口詢問，伯里斯說：「這是真理塔發來的傳訊鳥，說有一個宴會，問我參不參加。」其實這是艾絲緹發來的，但黑松不知道公主也是個法師。

黑松眼睛一亮。他想起了王后的生日慶典那天，皇宮裡舉辦舞會，城市裡是狂歡節，他和奧吉麗婭從早到晚邊逛邊吃，玩得非常開心。

伯里斯指了指卷軸：「這次的宴會不是在王都，是在銀隼堡，蘭托親王的長子諾拉德過生日。你替我去吧，反正你和蘭托親王比較熟。」

黑松故作鎮定：「我去嗎？不太好吧，畢竟他們邀請的是您。」

「以前王都邀請我，我也是派『學徒柯雷夫』替我去的。這次讓你去也一樣，你也是我的學生。」

黑松打開卷軸一看，簡直大喜過望，信封上說賓客可以攜帶最多兩名家屬。兩名呢，太好了！他和奧吉麗婭逛集市的時候，可以讓席格費幫忙拿東西。

雖然興奮，但黑松還是要表面客氣一下：「導師，其實我們可以一起去。」

在伯里斯眼裡，黑松簡直和赫羅爾夫一樣正在搖尾巴。「不，你去吧。」伯里斯說，「我很忙，我要寫好幾份分析書，還要……」

還要幹什麼？其實伯里斯並不忙，但他就是不想去。

「帶你那兩個伙伴去吧。」他說，「之前他們經歷了很不愉快的事情，也該放鬆玩一玩了。這期間，我會派魔像去照顧奧傑塔。」

黑松對導師躬身致意，維持著法師優雅的步伐離開房間，穿過走廊，打開塔門。到了外面，他終於不再掩飾激動之情，向著迷宮一路小跑。到銀隼堡沒辦法直接傳送，需要預留耗費在路上的時間，為了準時趕到，他要趕緊叫奧吉麗婭做準備，爭取明天一早就出發。

會客室裡，伯里斯慢慢喝完熱飲，繼續呆坐在軟椅上。赫羅爾夫一直趴在他腳邊，他一動，狗就抬頭看著他，就像一直在等著他回答某個問題。

次日清晨，伯里斯醒得特別早。他想看書也看不下去，想繼續睡又睡不著，只好懶洋洋地靠在臥室的落地大玻璃窗旁，百無聊賴地向下看。

奧吉麗婭和（人類外貌的）席格費帶著簡單的行李在塔外等著，昨天最興奮的黑松卻出來得最慢。過了一會兒，黑松飄了出來，他徹夜打造了一把新的骨頭懸浮椅，這次沒塗白漆，改用透明的木蠟油，椅子上的牛骨和豬骨呈現出斑駁的黑色，有的地方還有燒烤架留下的網狀痕跡。

伯里斯不自覺地面帶微笑，看著那三個人的身影消失在密林小道上。

黑松只做了新的椅子，卻沒有染髮，也沒有再把臉塗白，這真是讓人有點不適應。伯里斯忍不住想像了一下，等他們到了銀隼堡，蘭托親王會不會認不出黑松？宴會結束後，黑松要是回樹海老家探親，他的父母會不會受到驚嚇？

如果有機會和伊里爾再深談一次，伯里斯想問他很多問題，其中之一就是：你究竟為什麼要把黑松變回原來的模樣？

但他們恐怕沒有交談的機會了。先不說奧法聯合會是否允許，就算允許，伊里爾也不喜歡與人溝通。以伊里爾的個性，他早晚會再次做出愚蠢舉動，然後自取滅亡。「為什麼要把黑松變回原來的模樣」這個疑問或許會變成千古之謎。

伯里斯問過黑松，黑松自己也不知道，他說也許是那個人看他不順眼而已。伯里斯總覺得不該如此簡單，通常來說，一個野心勃勃的法師應該有更深刻的、更符合其身分的行事動機。

伊里爾到底有沒有深刻的動機？現在誰也說不清楚，也許每個人或多或少都有過不像自己的時候。

伯里斯認為自己也一樣。中年時，他曾為自己的理智和行動力而偷偷自豪；而現在，他卻思維飄忽，生活散漫，行動怠惰，連臉都不洗了。

伯里斯慢悠悠地來到書房時，已經差不多是午餐時間了。

書桌上擺著關於白塔的種種資料，還有剛剛寫了開頭的分析報告。看著這些，他有些無精打采，只覺得一切索然無味。他拔出羽毛筆，握了半天，連墨水都懶得沾。

伊里爾的事是大事，按理來說他應該多加留意，但他就是提不起精神。有奧法聯合會就夠了，那些人愛怎麼處理就怎麼處理吧，反正他們肯定能保證「白衣人」無法危害外界，這樣就夠了。

洛特的下落比伊里爾重要多了。伯里斯想，伊里爾的事誰都能處理，洛特的問題卻只有我能調查。

他徒有憂慮，卻無法靜下心來思索。他試著打開自己寫過的筆記，這裡面有很多他對神域、對獨立封閉位面的研究。奇怪的是，今天再看著它們的時候，他看到的彷彿不是自己的字跡，而是一堆傻乎乎的黑白條紋。

我的智商下降了。

伯里斯手肘撐在桌上，雙手托住額頭。過去的六十年，他有同僚，有學生，有研究課題，有生意訂單，更重要的是，他有魔法。那時他身邊根本沒有洛特這個人。現在只有洛特行蹤不明，他擁有的其他東西並未改變，可是他卻焦慮不安，智商明顯下降。

如果這件事被三十歲的他知道，他肯定會說：失去自控是法師之恥。「願尊魔法為唯一真理，視世俗利益次之」，這句話可不是詩歌，它是誓言。

如果是四十歲的他，他會說：奧法與世俗並不衝突，所謂野心，就是要將真理與利益都握在手中。如果必須從兩者中擇一放棄，就意味著甘願妥協。

到了五六十歲，他會說：其實道理沒那麼複雜，只是老年人比較愛操心而已，人的心智與身體是息息相關的，衰老和病痛會讓人的意志變得脆弱。

七十歲以後，他會說：什麼？我好不容易找到的人又不見了？我可能要再花幾十年找他？我根本等不起了，如果真的發生這種事，我可能會活活氣死！

現在他八十四歲，同時也是二十歲。他覺得這些想法都不對，但他又說不出什麼才是對的。

他長嘆一口氣，挺直身體，用手指梳了梳頭髮，想清醒一下。手離開腦袋時，指尖帶下了幾縷髮絲。

他靠在椅背上，悲從中來。他的智商下降了，頭髮掉得更快了，而且洛特還不回來。

伯里斯看著自己的手。這雙手皮膚緊致，顏色均勻，手背上沒有斑點，虎口上的紋路也很淺，有幾個關節受過傷，現在看起來略微凸出。

六十年前，黑袍人把他從雪地中扶起來，從背後摟著他，將他扭曲的指關節歸位。治療的過程伴隨著劇痛，那不是什麼美好的回憶，但他並不怎麼害怕。靠在那個人身上，他只覺得無比安心。

現在，他身後是軟椅靠背和墊子，不是穿著黑衣的骸骨大君。

他終於明白自己為什麼心神不寧了。

這不是焦慮或擔憂，這是恐懼。

幾天後的黃昏時分，艾絲緹又發來了一隻金屬渡鴉。它落在伯里斯的書架上，發出公主的聲音：「導師，您那邊還好嗎？」

「還好。」伯里斯坐在書堆中間，逼著自己閱讀各類神域相關文獻，「為什麼這麼問我？」

「您不參加蘭托親王的宴會，您是不是又遇到什麼麻煩了？」

「沒事，沒事，我只是比較忙。」

艾絲緹的聲音聽起來緊張許多：「是白塔的事情嗎？我能幫您做點什麼？」

「不用，沒事的。」伯里斯說，「我忙得過來。只我最近不太想到處跑，想在塔裡安靜待著。」

伯里斯沒有把洛特失蹤的事情告訴艾絲緹。如果洛特確實被關在黑湖，那他早晚要把這件事告訴值得信賴的學生，但現在他還不想說。

「我明白了。」渡鴉從書架飛下來，落在置物較少的五斗櫥櫃上，「導師，我把這隻渡鴉的連接關掉，然後讓它暫時留在您這裡，好嗎？如果您有需要，可以透過它隨時聯繫我。」

伯里斯答應了她，又祝她在慶典上玩得愉快。艾絲緹告別的時候，他隱隱聽到了放煙火的聲音，看來銀隼堡的慶典規模不小。只是諾拉德過生日而已，卻辦得像立春日慶典一樣。

銀隼堡那邊的天氣應該不錯，今天的不歸山脈卻有點窒悶，雲層很低，晚上可能會下雨。

天黑之後，悶雷從山脈西北方逐漸靠近。伯里斯安排魔像去檢查奧傑塔的狀況，魔像彙報說，龍身上的黑白條紋平時移動緩慢，今天卻有些忽快忽慢。

伯里斯決定親自去看看。他還沒有搞懂黑白條紋到底是怎麼回事，不知道這情況是好是壞。

在準備施法用具的時候，魔像威利斯先生說：「強對流天氣很快就要掃過不歸山脈，建議您不要此時外出。」

「不行，我一定要去看看。」伯里斯忙著準備東西，對魔像揮了揮手，「幫我拿一盒綠雲母片來。」

拿到全部的材料之後，伯里斯從浮碟下到一樓，走進廚房，決定在出去之前先隨便吃點東西。

今天的情況很特殊，他必須做好一切準備。奧傑塔身上有了變化，這也許意味著事情出現了轉機，也許這是尋找洛特的線索！想到這些，他終日昏昏沉沉的雙眼終於亮了起來。

「找人真累。」伯里斯端著一碗煮好的蠶豆，靠在櫥櫃上自言自語，「我要處理奧法聯合會的事，還要做實驗、經營魔法武器工廠、寫沒寫完的書、開發新的施法材料……唉，我不能把所有時間都拿來找你啊，可是我又必須找你，這樣太累了。如果你能快點來找我該有多好……」

一聲震耳的驚雷響起，震得窗框都抖了起來。與此同時，赫羅爾夫也在高聲吠叫，聲音前所未有地激烈。

伯里斯下意識轉向門口。他想把裝著蠶豆的碗放在櫥櫃上，卻不小心撞到了裝有綠雲母的盒子，他伸手去扶的時候，塔門的方向傳來一聲巨響，暴雨的轟鳴聲陡然放大，有什麼東西突破了大門的防禦，帶著狂風和雨水闖入了法師塔！

伯里斯一分神，碗和盒子都滑落在地上，蠶豆和一小撮雲母片混在了一起。

他下意識低頭看著地板的時候，帶著水氣的腳步聲已經來到了廚房門口。

雲團太低太近，閃電與雷鳴幾乎同時出現。一道亮藍色霹靂照亮了雨幕，也照亮了燈光昏暗的廚房。

伴隨著興奮的犬吠聲，洛特巴爾德來到廚房門外。

洛特呈現出昔日的人類外貌，身高正常，四肢完整，渾身濕透，衣著華麗。

伯里斯之所以能瞬間看出「衣著華麗」這一點，是因為他幾乎被洛特身上的碎寶石閃到睜不開眼睛。

洛特拖著濕淋淋的腳步走近，一手撐在門框上：「在這一個美麗的夜晚，遠方宮殿裡舉辦著盛大的舞會，而可憐的小美人卻被留在家中，孤單地在廚房撿著豌豆……」

不知道怎麼回事，面對突然出現的洛特，伯里斯竟然異常冷靜，冷靜得幾乎都嚇到了他自己。

他想像過洛特回來時的場景。在那場景中，他應該激動地歡迎洛特，嚴肅地詢問之前發生的事，可是現在，他思維遲滯，精神恍惚，好像暴雨雲團擠進了他的大腦，把他的智商都變成了雨水。

他站在原地看著洛特，維持著想伸手保護盒子的姿勢，傻乎乎地說：「我沒有撿豌豆，這是雲母片……」

「雲母片旁邊不是豌豆嗎？」洛特走向他，雨水滴滴答答落在地板上。

伯里斯下意識回答：「不，是蠶豆……」

致施法者

To Burris the Spellcaster and His Family Dependent

伯里斯閣下及家屬

Chapter 06

「伯里斯？」洛特察覺到法師的反應有些異常。他再次靠近，伸出手，觸碰到伯里斯臉頰邊的髮絲。

又是一聲雷鳴。閃電照亮了滿地的雲母片，也照亮了洛特袖口上的水色漸變亮片、電鍍銀鑲綠玻璃的領巾釦、灑滿領口的點點水鑽、亮紫色緞面的禮服外套和繞著外套下襬的玫瑰金流蘇。

伯里斯忍不住抖了一下。

洛特不由分說地將他一把摟進濕漉漉的懷中，憐惜地撫摸著他的頭髮：「我的小法師，你嚇壞了。你是不是害怕打雷閃電啊？以前我怎麼不知道……」

您當然不知道，因為我並不害怕打雷和閃電。這句話在伯里斯的靈魂中已經形成了怒吼，可是實際上，他一個字也沒說出來。

他還沒從洛特突然出現的驚愕中回過神，就差點被洛特身上耀眼的細節刺瞎雙眼。他的臉貼在潮濕的布料上，嗅出水氣中混雜著豆蔻和香草的味道。大概是洛特往自己身上噴了某種香氛，但已經被雨水洗掉了大部分，只剩下一點幽微的藥材氣息，恐怕只有法師才能察覺到這一點殘餘的味道。

「我回來了。」洛特摟著法師，髮梢的水一滴滴落進伯里斯的領子裡，「我回來了，雖然耽誤了好幾天的時間，不過我回來啦！伯里斯，你是不是特別擔心我？」

在洛特讀過的書裡，當一人問出「你是不是擔心我」的時候，另一個人往往會彆扭地說「我才沒有」，甚至說「你不回來更好」，這種回答並不是拒絕，反而是甜蜜與依戀的證明。

可是伯里斯並沒有這樣說。他趴在洛特懷中，像一坨失去活性的魔像般動也不動，半天才擠出一句虛弱的回答：「是的……」

「啊？」洛特已經準備好接下來的臺詞了，比如「別嘴硬了，我知道你有多擔心我」之類的，沒想到，法師竟然回答得如此坦誠。

伯里斯說：「是的，我很擔心，非常擔心。我以為我又要花費六十幾年了。哪怕不是六十年，三十年也不行，萬一這次我找不到您怎麼辦……」

洛特胸口泛起一股酸澀的感覺，從心臟蔓延到脊椎，擴散到肩膀，波及到雙手，讓手指無意識地顫了顫。

他收起嬉皮笑臉的態度，稍微放開手臂，俯視著懷中的法師。

「抱歉，讓你擔心了。」洛特親了親法師的髮頂，說，「如果可以的話，我也想早點回來，但這很難做到。你也知道，封閉的獨立位面有最小開合週期，也就是每一百年七天。就算我能出來，也要等七天才能出來。而且這七天是從我把你丟出來的時候開始算的。」

伯里斯抬起頭，小心翼翼地問：「七天……就像您過去被囚禁在亡者之沼一樣嗎？」

洛特看出了法師的擔憂，於是趕緊說出結論：「沒事，別怕別怕，我不是像過去一樣『每一百年才能出來七天』。過去，我是從人間離開，停留在亡者之沼；現在，我是從神域離開，停留於人間。因為基礎點不同，所以這個規矩倒過來了——每過七天，我可以出來一百年。」

伯里斯一愣。洛特笑著補充：「對，我不是自由之身，我屬於黑湖。我在人間玩了一百年之後，就要回去那個寂靜無聊的地方住七天，七天後又可以回到人間繼續玩。」

雖然還未瞭解其中原理，但只聽結論，伯里斯也已經大大鬆了一口氣。

「等等，不太對……」他皺眉說道，「大人，從我回來那天開始計算，到現在好像是第八天了，也就是說，除了那天之外剛剛過去七天，您怎麼會這麼快出現在不歸山脈？您是從哪裡出現的？不是從霜原上的位面薄點嗎？難道您可以自由選擇出現的地點？」

他看了看近在眼前的花稍衣服，還非常想問「您怎麼還迅速換了一身衣服」。

洛特笑道：「我確實是從白塔的位面薄點出現的。至於為什麼能這麼快回到這裡，都是奧傑塔的功勞。」

「奧傑塔醒了？」

「醒了。在我回到人間的一瞬間，他身上的力量也穩固了。他感知到我的存在，於是立刻飛過去把我接了過來。他把這幾天發生的事都告訴我，還告訴我蘭托親王在辦慶典，我想和你一起參加，於是我叫他找個城市停一下，讓我去買一身新衣服。反正他速度極快，我買衣服再換上也耽誤不了太多時間。」

伯里斯驚訝不已：「不對，龍的飛行能力再強，也不可能在幾分鐘之內來往於這裡和白塔之間。」

魔像彙報奧傑塔的情況時，天色剛暗下來，雷聲還在天邊滾動，那時奧傑塔還在迷宮區域中；然後伯里斯想去看看奧傑塔，開始準備施法用具，這時雷聲也越來越近，最終暴雨傾盆。伯里斯根本沒有察覺到銀龍開始活動，龍就已經來回飛了一趟，中間還讓洛特去買了衣服！

這麼一點時間，最多只夠洛特買衣服並立刻換上，來回飛行的時間怎麼想也絕對不夠。什麼生物能飛這麼快？這和傳送術也差不了多少了！

洛特說：「龍當然沒辦法飛得這麼快，但奧傑塔不是龍。」說著，他攬著伯里斯走向塔門，「正好，讓你看看他吧。他早就想正式和你打聲招呼了。」

塔門打開後，暴雨借著強風撲在伯里斯臉上。塔外的空地被一隻巨大的生物占得滿滿的。在昏暗的雨幕中，彷彿是另一座建築憑空落下，堵在高塔門前。

伯里斯看著這隻巨大生物，驚訝得連遮罩雨水的法術都忘了施展，反正他已經被洛特弄得濕答答了，再淋點雨也沒什麼。

一道閃電劃過天穹，照亮了奧傑塔壯美的身形。巨龍的黑白條紋不見了，現在他又變成了另一個模樣：他的頭頸、軀幹和四肢恢復成銀色，鱗片如明鏡般閃耀，而他的長角、翅膀、爪尖和尾巴都變成了純黑色，漆黑得能夠融入夜色之中。

奧傑塔彎下長長的脖子，漆黑的眼眸盯著伯里斯。真正的銀龍通常有著銀灰色或金色的眼睛，而奧傑塔的鞏膜和虹膜都是黑色的，瞳孔中隱約有粼粼的光斑。這雙眼睛讓伯里斯想起了白塔上空的位面薄點，那隻通往黑湖的雲霧之眼。

接著，奧傑塔說話了。以前伯里斯聽過他的化身說話，今天是第一次聽到他親自說話。

他先清了清喉嚨，說了一句：「伯里斯．格爾肖大師，你好。」

他的聲音和化身們差不多，讓人聽不出年齡與性別，令人印象深刻，又讓人總結不出特徵。

奧傑塔又說：「之前我的情況太糟糕了。在那種情況下，我沒辦法和你正式打招呼，但我一直看著你的一言一行。格爾肖大師，謝謝你對我的幫助與照顧。」

伯里斯習慣性地躬身回了一禮。巨龍接著說：「也許有些唐突，但現在我想問你一件事。」

「不會唐突，你問吧。」

「請誠實地回答我，」奧傑塔的語調抬高了一些，「我美嗎？」

「啊？」伯里斯被雨水潑了一臉，視野已經不太清楚了，現在他懷疑自己的耳朵也進水，導致他出現幻聽。

奧傑塔催問：「我現在的樣子美嗎？從前的我，有著世界上最美的銀龍的外表，而現在，我的黑角、黑翅膀、黑指甲、黑尾巴……這種模樣，還美嗎？」

在此之前，伯里斯內心深處存放著兩大未解之謎：第一，伊里爾為什麼要把黑松變回原本的樣貌；第二，在沒有任何危機的正常情況下，奧傑塔究竟是什麼性格。

現在，兩個謎團猝不及防地浮出水面，而真相遠遠出乎伯里斯的預料。

洛特在大雨中對銀龍喊道：「我都說過了，你這樣也很好看！你難道不相信我的審美嗎？」

奧傑塔執著地盯著法師：「我要聽聽普通人類的看法。過去銀白色的我是很美，這一點我有自信。格爾肖大師，你見過我躺在祭臺上，身上插著黑色冰錐的模樣，那時的我又聖潔又悲慘，肯定有一種淒豔的美感。而現在呢？這個黑白相間的我，真的還美麗嗎？」

伯里斯想起了在亡者之沼與洛特重逢的時候。那時他在想：到底是哪裡不對勁？骸骨大君怎麼會是這種性格？

現在他再次產生了類似的想法。《白銀頌歌集》裡那個溫柔善良、悲天憫人的銀龍竟然是這種性格？當年他到底是怎麼引領薩戈人的祖先？難道他守在前幾任國王的御座旁邊，每天靠「我美嗎」來輔佐他們？

轉念一想，就算奧傑塔的性格再奇怪，他的坎坷經歷是千真萬確的。伯里斯不想敷衍他，於是認真地答道：「我沒有見過真龍，只見過龍鱗、龍骨和圖畫，我唯一見過的『龍』就是你。我覺得你很美麗，真的，這種美不是美女或風景的美，是一種我們凡人很難形容的魅力。坦白說，前幾天那個黑白條紋相間的你確實不太好看，你的形體仍然很美，但黑白條紋非常奇怪，而現在……」

說到這裡，他腦中浮現出一個靈感：「現在的你，又變得非常好看了，真的。你身上的銀色和黑色搭配得十分巧妙，銀白色軀體，黑色的龍翼、龍角、利爪和尾巴，這種氣質，就像是聖潔之人操控著黑暗的力量……」

然後伯里斯就詞窮了。他又不是吟遊詩人，實在想不出更多繽紛多變的形容。不過，奧傑塔已經滿足了，他的尾梢輕輕晃動著，把巨大的龍頭移到伯里斯上方，像巨傘一樣為他遮住雨水。

巨龍斜眼看著洛特：「洛特巴爾德大人，您的法師果真是個正直誠實的好人。如果您也能像他一樣對我耐心解釋，我也不至於一路上都低落難過了。」

洛特也鑽到了龍頭下面：「我把黑湖的問題都解釋清楚了，只是還沒來得及歌頌你的美貌而已！」

聽到這句話，伯里斯抹了一把臉上的雨水：「大人，關於黑湖裡發生的事情，您也要對我解釋一遍。」

「我會的。」洛特說，「但不是現在。現在，你先去換一身衣服吧。」

「為什麼？」

「我們要去銀隼堡參加慶典啊。」洛特原地轉了一圈，濕漉漉的耀眼禮服飛濺出水珠，「奧傑塔能把我們帶過去，他快得就像傳送術一樣，而且比傳送術還穩定。」

「我沒有想參加宴會，而且已經把邀請函給黑松了。」

「你的公主學生不是去了嗎？等我們到了銀隼堡，你聯繫她一下，讓她派人接你進城堡就可以了呀。」

「但是……」伯里斯被一個又一個的突發情況震撼，反應速度大幅下降，直到被洛特推著回到塔裡，他才終於憋出一句疑問：「但是，您的禮服都淋濕了……」

「我知道。淋濕了有什麼關係？我有你啊。」洛特張開雙臂。

伯里斯這才反應過來，施展了一個非常初級的小法術。眨眼間，他和洛特身上的雨水都不見了，頭髮和衣服重新變得乾燥溫暖。

伯里斯叫奧傑塔變成人類進到塔中避雨，奧傑塔拒絕了。他說自己正在適應新的外貌，需要蒼天降下純潔的雨水清洗內心傷口什麼的。洛特為伯里斯翻譯了一下奧傑塔的意思：雖然奧傑塔不是龍，但他也具有一些真龍的習性，他像銀龍一樣喜歡水和冰，下雨是他最喜歡的天氣之一。

洛特並沒有胡說。伯里斯踩著浮碟前往起居室的時候，聽到奧傑塔在外面快樂地哼起了歌。

伯里斯沒心思細細挑選服裝，就隨便拿了上次在王都穿過的外套，配了一件素色斗篷。回到一樓之後，他看到洛特在會客室的鏡子前練習跳舞，小黃狗圍著洛特，跟著他一起跳舞，還從他抬起的小腿上橫跳過去。現在赫羅爾夫又是赫羅爾夫伯爵了，牠的君主回來了。

這一切顯得有些不真實，不真實到令人害怕。伯里斯站在會客室門口，整個人還有點呆呆的。

洛特熟練地把赫羅爾夫伯爵帶回牠專屬的房間，再滑著舞步回來，攬著伯里斯的肩，帶他走向門口。

伯里斯腳步頓了頓：「大人，您沒有再騙我什麼吧？」

洛特眉頭一蹙：「騙你什麼？」

「黑湖神域的事，您回來的原因之類的……」

「我還什麼都沒說呢，怎麼騙你？接下來我們有很多時間可以聊天，我會替你解釋清楚的。」

伯里斯還是不放心：「您是真的回來了？」

「當然是真的。」洛特捏了一下伯里斯的肩膀，「你覺得我像幻術嗎？伯里斯，你怎麼了？」

「我……」法師低下頭，喉嚨裡一陣乾澀，光是說出這個猜測就已經讓他渾身乏力了，「您回來得這麼突然，這麼順利，我怕……」

「這算順利嗎？我耗費了七天才回來，回來後還遇上暴風雨，這叫順利？」

「我總覺得很不踏實。」伯里斯抓了抓頭髮，順手一梳，指間又纏上了好幾根髮絲，真是讓人焦慮。「一旦好事發生得很突然又很及時，我就會覺得這背後還有什麼隱患。」

洛特噗嗤一笑：「伯里斯，最近你是不是老是看我買的小說？那些故事一般都是這樣寫的。興盡悲來，物極必反，暴風雨前的寧靜，攻打魔王城之前不能聊結婚什麼的。」

伯里斯沒有反駁。他繼續皺著眉，手指縮在袖口裡，指間還纏著那幾根掉落的頭髮。

洛特嘆了口氣。他看出來了，小法師是真的還沉浸在憂慮之中，不是幾句輕飄飄的玩笑就能安撫的。

「伯里斯。」洛特靠了過去，一手伸到法師腦後，手指梳進髮絲中，「我沒有騙你，放心吧。就算你要找點事擔心，你該擔心的也不是這個。」

那我該擔心什麼？伯里斯心裡剛閃過這句話，還沒來得及問出口，洛特便打斷了他的思路。

洛特低頭吻了下來，伯里斯熟練地閉上眼睛。在過去的日子裡，他們已經接吻過很多次了，無論是為了施法也好，因為不要臉也罷，今天的親吻對洛特來說並不新鮮，對伯里斯來說也不陌生。

伯里斯忽然生出感慨：我八十幾年都沒體驗過這個，如今才過了幾個月，我竟然開始習以為常了。人的羞恥心真的是世界上最輕的東西，隨便吹口氣就能飄走。

此時，洛特正好對他的嘴裡吹了一口氣。伯里斯下意識地一抖，這比單純的嘴唇碰觸要駭人多了。

這可不是施法時的輕觸嘴唇，而是上次在火龍峪的那種吻。或者說，是洛特小說裡的那種吻。洛特改用雙手環著法師，兩人的擁抱很輕，親吻卻很綿長。

嘴唇分開之後，洛特像以往一樣，要在法師的嘴唇上啄一下作為收尾。他親上去的時候，伯里斯用力深吸了一口氣，頭部一晃，剛好躲開了洛特收尾的動作。

伯里斯不是故意的。他閉著眼睛，微皺著眉頭，胸膛鼓起又平復，用鼻子吸氣吸到仰起頭，又慢慢用嘴呼氣出來。洛特被逗得笑了起來：「你怎麼了？爬山爬得喘不過氣嗎？」

伯里斯睜開眼睛，眼神裡還有點小委屈：「確實喘不過氣，這樣能舒服一點……」

「我又沒捏住你的鼻子。」

「但是我……」伯里斯想說「但是我畢竟不熟練」，隨即他又想到，說出這句話的後果很有可能是洛特又要湊上來親吻他。他暫時不想再試一次了，因為……因為這種吻太可怕了，唇齒相觸，氣息糾纏，舌頭無處可躲，眼睛不敢睜開。這根本不是親吻，這是人體糾纏定身術，還附加精神傷害效果。親完之後，一旦他回想起剛才的細節，那種心跳過快的感覺就會再次出現。

洛特感嘆道：「可見有些小說寫得不準確。書裡經常寫，某主角被伴侶親吻，吻得太久太激烈，結束時主角會身體發軟，站都站不住，倒在伴侶懷裡咳嗽。」他邊說邊打量著伯里斯，「你的臉很紅，但你既沒有站不住，也沒有咳嗽。」

聽洛特描述小說內容時，伯里斯一不小心就想像出自己「站都站不住，倒在洛特懷裡咳嗽」的畫面，這讓他臉上的熱度久久不退，身上還泛起了一陣雞皮疙瘩。

正想著，洛特又一把抱緊他，強迫他「倒在伴侶懷裡」，還用兩手揉著他的頭髮和後背，就像在揉什麼絨毛小動物一樣。

洛特在法師耳邊說：「伯里斯，我知道你有多擔心。如果你消失了，我也會特別著急，我可能會發瘋的。我是真的回來了，沒有欺騙你。麻煩的事情都結束了，我想放鬆一下，關於黑湖的事，我以後慢慢說給你聽好不好？」

伯里斯不太方便說話，只能窩在洛特懷裡點了點頭。

洛特感覺到自己的胸口被蹭了幾下，酸酸癢癢的感覺沿著軀幹蔓延到全身，讓他忍不住又揉了揉法師的頭髮。

沒想到，這回伯里斯一把推開了他：「別這樣，這幾天我已經掉很多頭髮了！」

剛才他自己抓頭髮，又掉了好幾根呢！

洛特笑道：「掉一點頭髮是正常的，別這麼緊張，誰不會掉呢？你現在是二十歲，你還能長新的頭髮。」

伯里斯也覺得自己反應過度，低聲嘟囔著：「每個人都有特別擔心的東西，我也不例外。」

洛特拉著他走向正門。雷電已經過去，雨也小了一些，奧傑塔哼著歌側過身體，示意他們飄上來。

伯里斯展開半圓形護罩，把自己和洛特圈在裡面，就像在火龍峪遇到暴雨時一樣。他本以為洛特想用蚊子覓食的方式飛到龍背上，然而洛特卻一手摟住他的腰說：「我的法師，我現在不會飛了，要靠你帶我上去。」

奧傑塔插嘴道：「主人您可以爬上來。」

「那不優雅。」

伯里斯問：「什麼？您不會飛了？」

洛特點頭：「嗯，連懸浮也不行。」

「您又失去力量了？」

「可不是嗎？你先帶我到龍背上再說。」

伯里斯依言帶著洛特飄上龍背，把護罩和龍的背鰭固定在一起。這樣一來，即使在空中遇到顛簸，他們也不會因為沒抓牢而滑落。

「除了不能飛行，您還有什麼變化？」伯里斯趕緊詢問，他生怕洛特趁機岔開話題。

洛特坐到伯里斯背後，用腿卡著棘刺，兩手摟著法師：「伯里斯，剛才你的擔憂其實是對的，如果你再次嚴重脫髮，我就治不好你了。或者如果你的學生再次昏倒在塔前，我也治不好他了。」

這時奧傑塔站了起來，抖了抖翅膀，扭過長長的脖子說：「但是我可以治療這些，呃……太嚴重的情況不行。」

伯里斯猜測道：「難道是奧傑塔繼承了黑湖？」

洛特說：「不，繼承黑湖的仍然是我。你還記得嗎？伊里爾原本想用我的造物作為『錨』，在我繼承黑湖之後把我強行拉回來，借此在黑湖位面上開一道裂口，讓裡面的元素流到人間，再用奧傑塔來接納、控制它們。伊里爾做到了，奧傑塔也確實接納了一部分黑湖的力量，但數量不多，沒有超過他承受的能力。而我……現在我還是我，我仍然保有原本的特質，比如魔法免疫，比如兩種不同的形態，但我也失去了很多能力，比如飛行，比如施法。」

「您能不能講得細緻一點？」伯里斯問，「您具體是怎麼離開黑湖的？奧傑塔又怎麼才能只接納一部分黑湖元素？」

說這些時，奧傑塔已經振翅起飛。伯里斯被分散了注意力，他驚訝地發現，奧傑塔的飛行方式與別的有翼生物不同，他和洛特一樣是垂直升降、自由加速的，他的翅膀只是裝飾，實際上他在飛行時根本不需要搧動翅膀。

防禦罩內非常平穩，夜空卻變得混沌起來。忽然，龍背顛簸了一下，陰雨消失，夜空中綴滿繁星，遠處山脈的輪廓也逐漸清晰。

洛特說：「那些麻煩的事以後再細講吧。你看，我們到了。」

「什麼？」伯里斯一愣。

「我們到銀隼堡城外的山區了。」洛特張開手，指向四周，「你看那邊，空中懸著很多光球的地方不就是銀隼堡的主城區嗎？我們不能直接飛進去，那樣太嚇人了。」

伯里斯扶著龍的背鰭站了起來，表情凝固在震驚的瞬間，久久無法恢復。

他和洛特才剛說了幾句話，他們竟然已跨越了整個薩戈，從不歸山脈飛到了落月山脈！

嚴格說來，奧傑塔的速度比不上傳送術，傳送術更快，在傳送的過程中人連一句話都說不完。但如果算上施法時間，再考慮到一般人被傳送後的短暫不適，那麼奧傑塔的飛行顯然更快捷平穩。

奧傑塔仗著自己脖子長，特意扭過頭欣賞法師震驚的表情：「我原本就是世間僅有的奇蹟，現在再加上一部分黑湖的力量，我已經是世上最強大也最美麗的生物了。」

致施法者 To Burris the Spellcaster and His Family Dependent 伯里斯閣下及家屬

Chapter 07

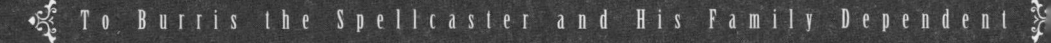

致施法者伯里斯閣下及家屬

在伯里斯的幫助下，洛特從龍背上飄了下來，他問奧傑塔要不要進城裡玩玩，公主能把小法師接進去，賓客也可以攜帶家屬。奧傑塔拒絕了，他說自己喜歡安靜，無心玩鬧。

奧傑塔望向北方：「我要離開一段時間，恐怕不能回來接你們。你們回程時就自己想辦法吧。」

洛特問：「你要去哪裡？席格費和奧吉麗婭都在銀隼堡，除了他們和我們，你還有朋友嗎？」

巨龍與另外兩個造物不同，他對主人並沒有那麼敬畏：「我不會沉湎於虛無的娛樂，我是去辦正事的。」他望向伯里斯，「格爾肖大師，我要去北星之城查看伊里爾的情況，也許還會在那邊停留一段時間，你有什麼話需要我帶給他嗎？」

伯里斯稍顯緊張：「伊里爾？他有什麼問題嗎？」

「放心，應該沒什麼。」巨龍輕輕搧了搧翅膀，說，「他利用我沉眠時趁虛而入，曾令我遭受巨大的痛苦和屈辱，現在，我想親自去監視他。如果他足夠老實，我可以放他一條生路，如果他還有任何反撲的可能，我會比騎士和法師更快察覺，並且及時了結他。」

伯里斯點點頭，說：「我猜他應該已經失去施法能力了，你去多觀察一下也好。」

奧傑塔發出聽起來有些邪惡的「哼哼哼哈哈哈」的笑聲：「確實，他已經當不了法師了。他見你的時候，用的是我的化身之一，現在我的身體與靈魂都發生變化，他就變成被我割除的多餘軀體，就像一條被截肢的爛腿一樣。在我被黑湖改變的那一剎那，他和我的聯繫就被切斷了，他什麼都沒有了。他不但會失去隨意操縱元素的能力，還會一點點失去頭腦中的知識。」

洛特問：「有點像老年失智症？」

伯里斯替奧傑塔回答：「不，那種疾病會讓人先失去近期的記憶。而伊里爾失去的是大量早期的連續記憶，比如他自己的童年經歷，比如魔法的基礎課程。」他邊說邊看了一眼黑白巨龍，「現在的伊里爾不是他自己，他是一塊從奧傑塔身上切下來的『物體』，他不僅失去了與奧傑塔的同步，而且凡是奧傑塔不知道的東西，他也會逐漸忘記。他記得自己是誰，記得之前發生了什麼，也記得自己想打開位面薄點，甚至記得用束縛咒語簇釘住大型生物的過程，因為奧傑塔也知道這些。但是，他記住這些是沒有用的，他會忘記最基本的奧術字元寫法，忘記咒語正確的音調，就像失去能力的術士一樣。既然他可以侵蝕奧傑塔，那奧傑塔的變化自然也會反噬他。」

洛特摸著下巴，深沉地點了點頭：「我了解了，我明白這是什麼感覺。就好像我看過那麼多浪漫小說，我還能唱許多流行歌謠，但我自己不會寫小說，更不會寫歌。你知道我為什麼不會寫嗎？你一定猜不到原因。因為我根本沒有練過寫字，更看不懂樂譜。伯里斯，這也有點像你，你懂公主和奈勒爵士的關係，還對他們指手畫腳，但其實你自己根本沒……」

「多麼令人感慨！」伯里斯急忙打斷他，一本正經地皺著眉頭說道，「如果伊里爾借助普通的屍體復生，不去利用奧傑塔，那就算他最終仍然失敗了，他也不至於落得如此下場。」

洛特跟著他的感慨點點頭，沒有繼續說出剛才的聯想。伯里斯稍稍放下了心，看來洛特還是有分寸的，在造物面前，他知道多少要給法師盟友留點面子。

聽了法師的話，奧傑塔一聲冷笑——是真的「冷笑」，他笑的時候，嘴裡有一小股寒氣輕輕噴出。

「對你們法師來說，這一定很痛苦。」他邊說邊扭了幾下脖子，讓那股寒氣擴散開來，「依我看，這份痛苦非常適合伊里爾，既然他喜歡當上位者、支配者，那就應該讓他嘗嘗成為階下囚和弱智的感受。」

冷氣逐漸擴散，形成一層薄霧，籠罩住奧傑塔全身。然後他雙翅一抖，薄霧和他的身影同時消失。一個白袍人站在原地，對著洛特和伯里斯輕輕躬身致意。

以前奧傑塔的化身方式非常特殊，不同的人看著他，會看到完全不同的面貌。而現在，白袍人摘下帽兜，洛特和伯里斯卻看到了同一個人。

他們迅速溝通了一下，確信看到的是同一個形象——此人二十歲上下，身材中等，黑髮黑眼，皮膚雪白，五官俊美，男女莫辨。

「多虧了黑湖的力量，我的化身方式也變了。」奧傑塔的聲音還是沒變，依舊是那種毫無特徵的古怪嗓音，「現在我既可以變化出數個不同的化身，也可以化形為一個穩固的特定形象。我打算用這副人類的樣子進入北星之城，以術士的身分接近奧法聯合會的人。怎麼樣，現在的我像術士嗎？美嗎？」

「很美，但是……」伯里斯上下打量著他，「我總覺得有什麼地方不太對……」

洛特倒是一眼就看出了問題所在：「奧傑塔，你變出了人形，卻沒變出性別。人類或精靈都是有性別的，你至少要選一個啊。」

「我知道，到了那邊再說吧。」奧傑塔的雙手一上一下地摸了摸自己，大概是在想像這些地方長出東西的感覺，「不同性別有不同優勢，我到那邊先觀察一下環境，再決定以什麼性別融入群體。」

說完，他又呼出一陣雲霧，在霧中回到了巨龍形態，慢慢懸浮起身體，準備向北移動。

剛要轉身，他忽然轉回脖子問道：「格爾肖大師，身為普通人類，你會懷疑我嗎？」

「懷疑你什麼？」伯里斯問。

巨龍與法師說話，眼睛卻盯著洛特：「我得到了一部分黑湖的力量，主人卻被削弱了。不誇張地說，現在我不僅是世間僅有的奇蹟，更是這個世上最接近真神的生物。

你們真的信任我嗎？你們不會懷疑我濫用力量嗎？」

伯里斯說：「我相信你。因為你是洛特巴爾德的造物，我信任你，就如同信任他一樣。」他看了一眼身邊的洛特，「而且，我看過《白銀頌歌集》，我知道你有著怎麼樣的靈魂。」

巨龍把頭壓低，黑曜石般的眼睛看向地面，像是服從，又像欲言又止。

洛特走上前說：「奧傑塔，我相信你。凡人肯定也會信任你、喜歡你。你如此美麗的生物怎麼可能會變壞？你的巨龍形態不僅僅只是美，還特別有威懾力，人們最初可能會害怕你，但最終他們還是會被你吸引。至於你的人類化形……你這樣子，簡直是世上最美的人類！雪白的皮膚，烏木般的頭髮，完美的五官，身材我就不知道了，人類的童話故事裡就充滿著你這樣的美人。這種美人誰能不喜歡？誰能不給予信賴？」

奧傑塔頓時雙眼放光，激動地對主人和法師表示感謝，叮囑他們注意安全，玩得愉快。

洛特對他揮揮手，他哼著歌，抖著（並沒有任何作用的）翅膀，螺旋翩然起飛，融入了星月之間。

伯里斯眼神複雜地望著夜空。

洛特聳聳肩：「你看，還是我瞭解他。」

巨龍離開後，洛特拉著伯里斯，慢慢翻過銀隼堡外平緩的小丘。

伯里斯突然想到，他和洛特為什麼總是遇到「在夜晚一起走在郊外小路」的情況？霧淞林、寶石森林、落月山脈和昆緹利亞，也許黑湖的荒原也算，他們總是並肩走在陌生的夜色中，這一點還真像史詩故事中標準的「死靈法師及其異界盟友」。

利用走這一小段路的時間，洛特又細講了一下自己能離開黑湖的原因。簡單來說，他先繼承了黑湖的力量，又親自摧毀了它們。

這一切都發生在很短的時間內。

洛特走到黑湖的中心時，伯里斯已經從他身邊消失了。其實不是消失，是被轉化為死靈。黑湖只接納靈魂，在這裡，活人早晚都會被轉化為死者。

洛特沒有慌張。他進入位面的核心，與黑湖守衛和煉獄君主殘留的力量漸漸融合。這個地方就像網中心壓著最重物體的部分，他會越陷越深，並不停吞噬身邊的一切力量，像滾雪球一樣逐漸成為「網」中更「重」的事物，取代原有的「重物」，成為黑湖新的核心。

他本來就是半神，並且擁有造物，完全符合繼承真神之位的標準。於是他成為了新的黑湖守衛，成為了與人間距離最近的唯一真神。

就在他繼承完力量的瞬間，人間的「錨」啟動了。如伊里爾計畫的一樣，三個造物開始拉扯他們的主人，真神馬上就要被迫降臨人間。

與此同時，洛特開始釋放並摧毀自己的力量，就像離開亡者之沼一樣。那時他拆掉煙霧之塔，拆解灰色的大殿，親手摧毀了屬於自己的力量。雖然當時他還沒有意識到這一點。

位面主人當然有權力催毀屬於自己的東西。

不僅如此，位面主人也有權召喚位面內的一切事物——新的黑湖守衛立刻找到了伯里斯・格爾肖。當時，後者已經成為無意識的亡靈，正在黑湖中漂浮。

把伯里斯恢復原樣並不困難。在亡者之沼的時候，洛特有能力讓伯里斯重獲青春；在黑湖裡，洛特甚至能讓他死而復生。

當時洛特還想著：可惜啊，我離開亡者之沼後劣化了這麼多，等我離開黑湖後，估計會變得比之前更弱。

此時，黑湖已經開始向人間傾瀉。由於伊里爾事前的安排，神域元素基本都湧向了奧傑塔。

如果黑湖的力量持續湧入，人間的元素就會被逐漸同化，活物都將漸漸轉化為死靈，就如伯里斯之前推測的那樣。但現在情況不同了，神域的力量一邊被摧毀，一邊洩漏，流瀉過來的部分並不足以侵蝕人間，而且剛好能被奧傑塔接收梳理。

在這個過程中，剛被復活的伯里斯也順著裂隙「流」了出來，並被奧傑塔保護在身邊。最後，位面主人為自己留了一點力量，用它修復裂隙，並把自己「驅逐」到薄點的另一邊，確保證履行神職，每一百年回到黑湖七天。

洛特說，做這一切是既簡單又困難的。簡單的是，房屋主人決定要拆毀自己的房子時，沒有任何人可以阻止；困難的是，繼承黑湖後，他的心智會受到影響，本能會讓他渴望服從神職，讓他渴望留在黑湖，守衛神域。

所以，剛進入黑湖的時候，他沒有把這個想法說出來。他看過一些書上寫著：如果把重要的計畫提前解釋太多，這件事最後多半會失敗。

洛特說，做完這一切後，他的體感時間大概經歷了數個小時，而人間流逝的時間卻只有一兩秒鐘。神域的時間規則與人間不同，黑湖裡的時間不一定慢，也不一定快，而且沒有對應的換算公式。洛特的「一百年七天」是以人間的時間為標準定下的規則。

聽完這些，伯里斯感慨道：「奧法在上啊，我幾乎無法想像其中的細節。怎麼說呢，我大概明白來龍去脈，卻還是搞不清楚其中的原理。」

洛特說：「我也不知道該怎麼解釋。你看，你現在在做什麼？在走路？假如你不知道邁步、收腳和站穩的原理，你也還是會走路，對吧？對我來說，我做的事情也是這樣。我只能告訴你發生了什麼，卻沒辦法用你們法師熱衷的邏輯定理去解釋。」

伯里斯點點頭：「我知道，神域是凡人尚不能理解的領域。」

其實，也不是完全不能理解。異界學法師們非常熱衷於研究神域，伯里斯自己對此也有些好奇，但目前為止，神域還是一個令人望而生畏的陌生詞彙，要搞清楚其中的奧妙，法師們還要耐心花費許多年。

「我還以為這件事很難收場呢。」伯里斯感慨道，「沒想到，我幾乎不用做什麼，一切就平穩地結束了。」

走到下坡的時候，洛特走在稍微靠前的位置，挽著伯里斯的手臂說：「有我在，你本來就應該輕鬆一點。法師的異界盟友當然要替他分憂。」

在山丘上時，伯里斯已經把金屬渡鴉送了出去，這時艾絲緹應該已經接到消息。來到大路上之後，他們能遠遠看到城門崗哨。守衛身邊站了一個宮廷侍從，伯里斯見過她，她是艾絲緹身邊的侍女之一。

伯里斯和洛特走近，侍從看著洛特倒吸了一口冷氣，還揉了兩下眼睛。

侍從在前面引路，帶著兩位貴客進入城市，今天銀隼堡的守衛布局有些奇怪，城門外的崗哨安排與往常一樣，但城門內卻駐紮了兩個小隊，主街道上有大量兵力巡邏，瞭望崗上還有身穿灰袍的施法者駐守。

洛特邊走邊嘟囔：「銀隼堡怎麼像要打仗似的？難道又有人要暗殺親王？還是因為今天有慶典？」

伯里斯說：「我看他們不像是在防備外來的襲擊，比較像是怕城裡的什麼人跑出去。」

比起王都的舞會，銀隼堡的慶典更加熱鬧，也更加務實。他們不僅舉辦舞會，準備了足量的美酒，還把迎賓大廳和庭院都變成了自助餐廳。

賓客們先進入主堡城門，再通過警衛廊，走入內庭園藝區，前方的草坪和小路上已擺滿長桌，桌上布置著烤肉、煙燻食品和各種鹽漬蔬菜。也許是因為這些食物味道濃烈，所以宴會策劃人將它們移到了庭院中。

王都城堡絕對不會出現這種場面。這哪像是貴族宴請，簡直是獸人的慶功宴。但銀隼堡無所謂什麼禮節，他們更注重宴會的趣味。

賓客穿過烤肉煙燻區，登上一段不長的紅毯樓梯後，就可以進入主城堡的迎賓大廳了。廳內也布置著佳肴美饌，但菜色與外面不同，這裡以蔬果、冷盤、糕點和飲品為主，氣味清淡芬芳，也不會熱氣蒸騰。

長方形迎賓大廳連接著一塊圓形區域，這裡不設餐桌，是專門讓賓客跳舞閒聊用的。圓廳盡頭搭了一座臨時舞臺，上面有樂隊輪流演奏，有精靈歌手接受點歌，還有一隊男女舞者隨時伴舞。

「這到底算什麼活動？」伯里斯站在圓廳入口，捧著一杯百香果汁，「說是宴會或酒館慶典都有點勉強，而且竟然還是化妝舞會？」

洛特一手撐著門框站在他身邊，戴著簡單的黑色半臉面具：「我也覺得他們很糟糕，竟然沒有人提前告訴我是化妝舞會。要是早點知道，我就可以準備華麗的面具了，也許還可以準備一些有趣的服裝。現在我只能在門口領取這種敷衍的面具，可惜，太可惜了。」

伯里斯也戴著同樣的黑色面具，門口有兩個僕人專門負責為沒有準備的賓客發放面具。宴會並未強制要求化妝，有少數客人因為覺得古怪而沒戴面具，但大多數客人都準備了各種面具或頭紗。除了傳統的黑色或白色半臉面具，大廳裡還有很多人戴著蝴蝶面具、石像鬼面具、狼頭面具等等。

剛才進入大廳的時候，伯里斯和洛特遇到了夏爾，也就是蘭托親王的次子，那位年輕正直的小騎士。夏爾戴著米諾陶洛斯面具，忙忙碌碌地在賓客間來回穿行，他穿著禮服也比穿戴盔甲的衛兵壯了一圈，遠遠望去，倒是很像真正的米諾陶洛斯。

伯里斯委婉地提了一下今晚的護衛非常嚴密，夏爾把這當成誇獎，完全沒有聽出其中打探的意思。

他說他在找塔琳娜，塔琳娜戴著野豬面具，應該不難找。女士們一般都戴著簡易面具或蝴蝶面具，要不就是花朵形狀或小兔子、小貓什麼的，全場的女野豬只有他的妹妹塔琳娜，可是他怎麼都找不到她。

沒過多久，伯里斯在外面的烤肉區找到了塔琳娜。她穿了一條過長的裙子，然後用術士的能力讓自己懸浮起來，看起來長高了一大截，她戴的根本不是什麼野豬面具，而是露出嘴巴的樹人面具，夏爾肯定是被她的幻術騙了。

伯里斯的面具很簡單，塔琳娜立刻認出了他。她悄悄說：「請幫我保密，暫時別叫我哥哥，等一會兒我會自己去找他的。」

伯里斯答應了她，她是偷偷溜出來喝酒的，因為她的父親和哥哥都說她年紀太小，不讓她喝酒，也不允許她吃因氣味而被擺放在庭院裡的榴槤。上次她遇險根本不關榴槤的事，但蘭托親王和她的哥哥仍然非常戒備榴槤。

看到塔琳娜後，伯里斯想起了艾絲緹。艾絲緹也在這裡，但他還沒見到她。或許她正躲在某個角落施法，讓自己露出僵硬的笑容；或許她和奈勒爵士雙雙消失，在沒有人的地方卿卿我我——

洛特走了過來，按住伯里斯的肩膀：「你怎麼了？」

「我怎麼了？」伯里斯問。

「你先是皺眉，又滿臉驚恐，然後對手中的果汁怒目而視，這個簡易面具是擋不住表情的。」

伯里斯嘆氣：「我沒有看到艾絲緹。剛才我們不應該讓那個侍從離開，應該讓她先帶我們去見艾絲緹。」

「你擔心她幹嘛？」洛特說著，從擦身而過的侍者托盤中取下兩杯香檳，「她是個厲害的法師，而且奈勒肯定會隨時保護她。除非你認為奈勒就是危險之源？不會的，奈勒和她是君臣，而她是這場宴會中地位最崇高的客人，她能有什麼危險？依我看，現在舞臺上那個精靈少女還比較危險，臺下有個人的眼睛都快噴火了。」

伯里斯無奈地看著他：「大人，我不是這個意思。正因為艾絲緹是地位最崇高的客人，我才會擔心她。您也看到了，今天銀隼堡增加了這麼多兵力，連宴會廳門口都站著全副武裝的士兵，我總覺得有哪裡不對勁，也許銀隼堡正面臨著某種危險。這種情況下，身為公主的艾絲特琳肯定會被牽連。」

「那蘭托親王為什麼不取消宴會？」

「他肯定籌劃了很久，賓客也都對此抱著很高的期待，如果宴會突然取消，大家肯定都很不開心。」

「法師閣下說得對。」這時，熟悉的聲音在他們身後響起。被惦念著的艾絲緹款款走來，動作輕微地對導師點頭致意。

她戴著銀色的簡易面具，遮不住整張臉，伯里斯發現她的皮膚上沒有法術波動，今天她坦誠地板著臉，沒有假笑。

伯里斯先對公主躬身行禮，然後問：「妳剛才不在大廳裡？」

艾絲緹點點頭：「我在和蘭托親王談話。我也覺得今天銀隼堡有點奇怪，所以想委婉地問問他，但他一直岔開話題，應該是不想透露原因吧。」

洛特問：「為什麼你們都覺得異常？就不能因為銀隼堡很重視安全，出於謹慎才派遣重兵守衛慶典嗎？」

公主嘆息道：「但願如此吧。最近總有異狀接二連三地出現，大家的神經都緊繃著。」

她望向年輕的導師，壓低聲音說：「導師，今天您就別煩惱這些了，好好休息一下吧。哪怕真的出了什麼事，您也別參與，都交給我們就好。」

「妳為什麼突然這麼說？」伯里斯問。

公主說：「海達把白塔的情況告訴我了。這些日子，您太辛苦了。」

伯里斯心裡暖暖的，努力忍住摸摸她頭頂的衝動。學生的態度讓他心中升起一股罪惡感，在不久之前，他挖出麗莎的屍體後還把爛攤子丟給艾絲緹，當時他毫不愧疚理直氣壯，覺得年輕人就應該為長輩善後。

他的感動還沒持續幾秒鐘，洛特便興奮地插話：「公主說得對，我們應該好好享受慶典和宴會！」他把剛才拿的香檳遞到伯里斯嘴邊，「來，喝了它！那邊開始演奏舞曲了，我們去跳舞吧，你別一天到晚一直擔心來擔心去的！」

接過杯子時，伯里斯一愣。他突然被洛特話語中的某個詞句觸動了一下。

洛特說他「一直擔心來擔心去的」，這讓他想起在塔裡的時候，洛特說過這麼一句話：**就算你要找點事擔心，你該擔心的也不是這個。**

洛特指的是他不該擔心黑湖的事。確實，現在他們不需要為這件事煩惱了。那時，伯里斯想問「那我應該擔心什麼」，可是洛特卻寡廉鮮恥地親了上來，打斷了伯里斯的思路，降低了伯里斯的智商，導致他到現在才想起這句沒有問出來的話。

他疑惑地看著洛特，心裡頓時安全感全無。

他怕洛特再出什麼事，又怕有人刺殺皇室，除了這些，他還很擔心黑松的嘴。黑松也在宴會廳裡，萬一黑松喝多了胡說八道怎麼辦？萬一黑松跑來叫他「導師」怎麼辦？

洛特看著伯里斯臉上千變萬化的表情，無奈地替他喝掉了那杯酒。

在伯里斯發愣的時候，艾絲緹向他們暫時告別，被一位男性貴族邀請去跳舞了，洛特也牽起法師的手，把他帶向舞池，而伯里斯還沉浸在一團亂麻的思考中，只會呆呆地跟著洛特。

等到伯里斯準備開口詢問時，洛特一手拉起他的手，一手摟住他的腰，帶著他突然轉了個圈，又打斷了他的思緒。

圓形大廳裡，雜耍和歌舞都已表演完畢，現在樂隊奏起了緩慢的舞曲，客人們開始在緩慢的舞步中溝通感情。伯里斯猛然發現，他們好像變成了眾人視線的中心。整個大廳裡，就只有他們是兩個男人抱在一起的！

「有人在看我們……」伯里斯臉上發燙。

洛特對周圍的人回以自信的微笑，並悄悄對伯里斯說：「他們是在看我，不是看你。他們肯定覺得我穿得像暴發戶，一點也不像親王的貴賓。」

原來您這麼有自知之明啊。伯里斯脫力地問道：「我們可以不跳舞嗎？這樣太引人注目了。」

「我們在皇宮都跳過舞了，怎麼在銀隼堡反而不能跳？」

「但是……」

伯里斯也說不出為什麼，他反駁不了洛特。薩戈沒有任何法律禁止男人和男人跳舞，可是他真的受不了四面八方的目光，就算那些人的眼中不含惡意，他也一樣覺得如芒在背。

「我們去那邊吃東西不行嗎？」伯里斯有種晚節不保的危機感。他低著頭跟著洛特轉圈，根本不敢看向周圍。

「奧吉麗婭和席格費都在自助餐區，我能感覺到他們的位置，」洛特說，「奧吉麗婭在那裡，黑松肯定也在那裡，如果我們走過去，就可能會遇到他們，萬一黑松沒忍住，大驚小怪起來怎麼辦？」

伯里斯咬牙說道：「我不怕，我會讓他閉嘴的。」

洛特笑道：「好，好，但我們必須跳完這一曲。曲子沒停就離開舞池是很不禮貌的行為。」

伯里斯在悠揚的舞曲中煎熬著。他一直低頭看著地板，洛特看不見他的臉，只能看到他的頭頂，還有泛紅的耳朵和一小截脖子。

致施法者伯里斯閣下及家屬

洛特在法師耳邊說：「你該認真學習一下怎麼當一個年輕人了。你要勇敢一點，不要老是想著維持年長者的尊嚴。還有，你應該對我的追求給出明確的回應，你應該主動一點。」

追求。洛特剛才說了「追求」這個詞。

伯里斯當然知道這種行為叫「追求」。但他總覺得「被追求」是一件很不適合自己的事情，這個詞應該出現在適婚年齡的少年少女身上，或者出現在舞臺劇和浪漫小說中，這個詞不應該和「法師伯里斯・格爾肖」扯上關係。但是，他又無法強行無視已經發生的事實。他早就迷迷糊糊地答應過洛特了，兩人還寡廉鮮恥地摟摟抱抱卿卿我我過很多次，如果他再否認「被追求」，就實在說不過去了。

更何況，他們到底是誰在「追求」誰呢？

哪個法師會在事業有成之後還苦苦履行六十年前的承諾？是因為他太過清閒？還是因為他仍深陷在二十歲的那個夜晚裡，幾十年過去都掙扎不出來？

在這種情況下，如果他總是清高地皺著眉頭，偽裝得像被父母逼婚的貴族小姐，那才真的太不要臉了。

問題是，「當一個年輕人」談何容易？伯里斯現在連抬起頭來都辦不到。他甚至懷疑自己是不是真的有什麼毛病，別人能輕鬆應對的事情，對他來說卻比施法、探索、研究、做生意這些事加起來都難。

這一曲終於奏完，伯里斯如釋重負地走向休息區。他盡己所能，最大限度地聽取了洛特的建議：勇敢一點。所以他沒有扭頭就走，而是維持著與洛特牽手的姿勢一起離開。

落坐後，洛特盯著他說：「伯里斯，參加完親王長子的生日慶典後，我們自己也該舉辦『慶典』了吧？」

伯里斯不解：「什麼慶典？」

「出門前，你在糾結黑湖的問題，我對你說『你該擔心的不是這個』，還記得嗎？」

沒想到洛特主動提起了這件事情，伯里斯的雙手在寬大的衣袖內攥緊：「當然記得……」

「你知道你應該擔心什麼嗎？」

「不知道……」

「在火龍峪的時候，」洛特擠擠眼睛，「你答應過我了，我們要舉辦婚禮。」

伯里斯出了一身冷汗：「這……您是認真的嗎？其實，完全沒有必要這樣，我們又不是演舞臺劇，何必呢……這也太戲劇化了……」

「你已經答應過我了，現在怎麼能耍賴？」

「不是我要耍賴，大人，兩個男性是沒辦法舉辦婚禮的。」

「私下舉辦慶祝儀式就可以了，不需要找神職者來證婚。反正神職者也沒有替我證婚的權力。」

曾經的疑惑獲得解答，可是伯里斯卻一點也沒有放鬆。

他已經感覺不到自己發燙的臉頰了，可能是因為他的脖子也在發燙，脖子以下也在發燙，他全身的溫度在逐漸統一，心跳也越來越快……剛才真不該喝酒。

洛特笑嘻嘻地對著他火上澆油：「現在你就這麼害羞了，將來該怎麼辦？」

伯里斯悚然地望向他：「什麼……意思？」

這時，下一首舞曲開始奏響，樂曲掩蓋住人們低聲交談的聲音。洛特攬著法師的肩，對著他的耳朵說道：「都八十幾歲了，你肯定知道婚禮之後應該做什麼。」

致施法者伯里斯閣下及家屬

To Burris the Spellcaster and His Family Dependent

Chapter 08

伯里斯失神地呆坐著。

無數念頭與畫面被攪拌在一起，將他的頭腦揉成了一盆雜糧堅果穀物粥。這盆粥的構成相當複雜，其中包括自己、洛特、過去、現在、生活、魔法、求婚、舞會、森林、高塔、承諾、玩笑、依戀、廉恥、人生常識和愛情小說等等。

一曲又一曲過去，洛特沒再繼續說什麼令人臉紅的話。於是，伯里斯終於擊敗了那盆粥，艱難地拿回了自己的大腦。

清醒之後，伯里斯在翩翩起舞的人群中看到了艾絲緹。與她跳舞的人不是奈勒。

伯里斯心裡緊張了一下。奈勒不在舞池中，他站在大廳角落裡，沒戴面具，一邊吃著沙拉一邊遠遠地看著艾絲緹。

艾絲緹與舞伴轉了個圈，舞伴的面孔朝向休息區，伯里斯仔細一看，不由得大驚失色！艾絲緹在和一個女人跳舞，那名女性身材高䠷，穿著軍官制服而不是長裙，遠遠看起來就像一個年輕的小伙子，但當她轉過頭來，她秀氣的小臉上濃妝豔抹，胸前的女性特徵也十分傲人，任何人都能看出這確實是一個女人無疑。

幾個旋轉之後，艾絲緹正好與奈勒對望，奈勒拿著果汁，對她做了一個小幅度的舉杯動作。

看來奈勒和艾絲緹沒有出問題，他們只是暫時沒有在一起跳舞而已。伯里斯鬆了一口氣之後，又有些質疑自己：我到底是應該失望還是應該慶倖？

再下一首曲子，夏爾邀請了艾絲緹，女軍人則邀請了吃飽喝足的塔琳娜。公主都和女人跳過舞了，親王的女兒當然也可以這樣做。

塔琳娜年紀小，她雖然想跳舞，卻不願接近陌生的成年男人，這種又高又安全的大姐姐是她的最佳選擇。

艾絲緹正好望向伯里斯，並對他輕輕頷首。這時，伯里斯突然明白了她剛才的目的。

她看到伯里斯和洛特跳舞了，也看到其他賓客對他們的「注目禮」，一曲結束後，伯里斯漲紅的臉簡直像個小型火球術。

於是，公主走向女軍官，邀請她共舞，並告訴她這是為了替堂妹塔琳娜做出示範。女軍人覺得公主為了妹妹費盡心思，十分可敬，所以她欣然同意，並主動跳起男步。

看到兩個相同性別的人跳舞，沒有人敢用獵奇的目光盯著公主，也沒人敢在此時竊竊私語。

這次之後，無論是女軍人邀請親王的女兒，或是有哪個王都侍從邀請同性，人們都學會了收斂自己的目光。

洛特也看出了艾絲緹的心思，他湊到伯里斯耳邊說：「你的學生為我們做了這麼多，我們不結婚不足以平民憤。」

伯里斯一邊因公主而感動，一邊因洛特而尷尬。他無奈地小聲說：「我知道了。」

我答應過了，就不會反悔，但是這個……這個事情是需要時間做準備的，辦任何慶典都必須做準備。還有，您都看了那麼多書，就不能研究一下某些詞語的正確用法嗎？」

洛特拒絕承認自己的語病。他得到了不反悔的承諾，已經開始期待如同浪漫小說結尾的、漫天都是花瓣的典禮了。

一曲緩步與一曲快步之後，時間已臨近午夜，按照慣例，鐘聲響起前的「最後一曲」將作為舞會的收尾。

在那一時刻來到之前，伯里斯和洛特好歹跳過一次舞，而黑松、奧吉麗婭和席格費卻一直在自助餐區吃吃喝喝，根本沒有靠近過舞池。

他們幾個不跳舞很正常，奇怪的是，作為慶典主角的諾拉德竟然也從未出現在舞池之中。

洛特到外面去找席格費說話的時候，順帶發現了這個異常之處。

回來後，他問伯里斯：「對了，我們是不是沒有給諾拉德準備禮物？這好歹是他的生日慶典。」

伯里斯說：「請柬上寫了，這個慶典不設正式接見環節。」

「什麼是正式接見？」

「您還記得我們參加王后生日宴會的那天嗎？進入皇宮後，有個環節是賓客輪流向皇后獻上祝福，這時也是呈上禮物的最好時機。私下塞禮物給別人不夠正式，也不夠體面，所以皇室慶典都會設立接見環節。如果請柬上寫了不設正式接見，隱含的意思就是，大家空手來就好，不要送禮物了，我們不需要。」

洛特問：「為什麼親王父子不要禮物？因為他們特別有錢嗎？」

夏爾曾淳樸誠實地介紹過，他們家一有好事就要舉辦慶典，動輒接連舉辦三天甚至更久。

「可能是，也可能有別的原因。」伯里斯說，「比如，為了符合禮節，他們必須邀請王室成員，那麼應該邀請誰呢？親王之子是晚輩，他們不能為了這點小事請帕西亞陛下過來，所以艾絲特琳公主是最適宜的賓客。艾絲特琳年紀比諾拉德小，算是妹妹，理應為哥哥慶生送禮，可是她同時也是國王的獨生女，王位第一繼承人，諾拉德沒有資格『接見』她。要各方面都符合禮節，事情會變得十分麻煩，所以他們乾脆不設接見環節，讓大家開開心心一起吃飯跳舞就好了。」

洛特摸著下巴說：「你分析得很有道理，但我總覺得並不是這個原因，或者說，不只是這個原因。」

「那麼您認為是？」

「我說不清楚。我也沒什麼依據，只是直覺。」洛特說，「還有，即使原因如你所說，諾拉德也不可能一直藏在人群中不跳舞啊。你還記得諾拉德吧？他那樣的人，怎麼可能不積極參與為自己辦的慶典？他又愛炫耀，又追求浪漫，說起話來又甜又不要臉，簡直恨不得活在愛情小說裡。」

這段評價聽起來非常熟悉，像不像諾拉德先不論，倒是很像另一個人。伯里斯看著坦然的洛特，由衷嘆服，無話可說。

快步舞曲結束後，樂隊奏起了一小段悠揚的「過門音樂（Fill in）」，這預示著午夜將近，下一首曲子就是今夜最後的舞曲。

和王都那次舞會一樣，洛特今天也要和伯里斯跳最後一曲，伯里斯早有心理準備，於是坦然地牽起了洛特的手。

艾絲緹與奈勒爵士也走向舞池，剛才的女軍官從休息區牽起了另一位軍人的手，塔琳娜、夏爾與蘭托親王都離開之前的舞伴，回到了休息區，而黑松、奧吉麗婭和席格費從頭到尾一支舞都沒跳過，他們大概已經吃累了，三人癱坐在迎賓大廳的軟躺椅上，眼神渙散而安逸。

舞曲奏響前幾個音節時，一名戴著鷹隼面具的男子突然從人群角落裡鑽了出來。他的面具覆蓋全臉，穿的是軍服而非禮服，剛才他一直在舞會現場，只是沒有人留意到他而已。

他徑直走向長方形迎賓大廳，步伐匆忙卻不失堅定，像是急著去處理什麼事情。他並沒離開會場，而是站在了一名賓客面前。

那名賓客身穿修士長袍，戴著遮住整張面孔的楊樹葉面具。他剛才可能喝了酒，現在有人氣勢洶洶地站在他眼前，他卻靠在軟躺椅上歪了歪頭，一副微醺的樣子。

戴著鷹隼面具的男人抓住戴著樹葉面具的男人的手臂，一把將他拉了起來。

看到這一幕，洛特連舞都不跳了，他拉著伯里斯停在圓廳門口，興奮地低聲說：

「那個人好像是諾拉德！」

「諾拉德？」伯里斯剛才見過那個戴著鷹隼面具的人，他穿著低調，又不主動與人交流，伯里斯一直覺得他是負責舞會安全的軍人。

但那果然是諾拉德。他掀開面具，將它一把丟在地上，隨著這個動作，迎賓大廳外傳來一聲號令，緊接著是清晰整齊的腳步聲。城堡外的執勤士兵按照預定計畫集結，布下重重防禦。不僅如此，一大群不跳舞的賓客也站了起來，擁擁擠擠地堵住了通向正門、偏廳和窗戶的路。

這些賓客裡還包括黑松、奧吉麗婭和席格費。黑松捧著一小杯解酒的沙棘汁，看來他們懶洋洋的模樣不是假裝的。

諾拉德面帶微笑，滿意地看了看周圍。牆壁、餐桌與吊燈上的照明魔法映在他眼中，讓他的眼珠彷彿滲透著火焰。

他拉著有些呆滯的、戴著樹葉面具的男人，將其一路拖到了舞池裡。這一切發生時，樂曲並未中斷，諾拉德執起那個人的手，摟住他的腰，直接帶著他開始跳舞。

一次故意的、大幅度的旋轉之後，那個人的樹葉面具掉了下來，露出一張因酒精和驚惶而漲紅的熟悉面孔。

羅賽．格林，也就是曾經的紅禿鷲，此人又一次成功潛入了領主府邸，又一次成功地被沒大沒小的親侄子抱在懷裡。

現場表情最為扭曲的人是蘭托親王。夏爾和塔琳娜也很驚訝，而他們的父親已經滿頭冷汗，面如土色。

看著親王的模樣，伯里斯大概明白了。他確實擔心紅禿鷲回來搗亂，所以想加強慶典的護衛，諾拉德大概是以一雪前恥為由主動接下了布防任務，並且把任務完成得「不錯」。

諾拉德給城內外許多不太相關的人都發了請柬，還允許攜帶家屬，於是紅禿鷲可以輕鬆地混入賓客之中；諾拉德特意不要禮物，取消接見環節，這樣紅禿鷲就不會有所顧忌；諾拉德把宴會區域擴大，啟用了兩個迎賓大廳和整座庭院，紅禿鷲一定會覺得容易隱藏，於是降低警惕；諾拉德安排了化妝舞會，大多數人都戴上面具，有這麼方便的機會，紅禿鷲這種術士肯定連幻術都懶得施展，只靠面具隱藏自己。

諾拉德不僅順利抓住了紅禿鷲，還要和他跳象徵愛情誓約的最後一支舞。

不幸中的萬幸，現在的羅賽既不像禿鷲，也沒有紅髮。他把紅髮染成了黑色，長度也剪短一截，他年輕英俊，看上去比諾拉德還年少一些，普通賓客認不出他是那個曾經頹廢禿頭的瘋術士，也不知道他是過世王妃的親哥哥。

羅賽陷在驚訝之中，不但沒有掙扎，連話都說不出來。他的裝扮挺難辨認，諾拉德到底是怎麼認出他的？

不遠處，黑松撿起諾拉德丟在地上的面具，從眼睛的位置挖出一枚硬幣大小的晶體。這是探真晶片，能看穿人們面部的遮擋、易容或簡單幻術。

看到這一幕，伯里斯的心情十分複雜。黑松終於能幫忙而不是添亂了，這真是令人欣慰；但另一方面來說，紅禿鷲多少也算是他北方之行的旅伴，黑松竟然幫有錢有勢的貴族抓捕自己的昔日同伴，還縱容血親之間不顧廉恥的情感糾紛，這會不會是他邁向邪惡法師之路的開端呢？

今天的最後一曲，伯里斯和洛特都跳得不太認真。伯里斯本來就不怎麼會跳舞，而洛特一直幸災樂禍，臉上掛著「真是太過癮了」的興奮表情。這倒是意料之中，伯里斯知道他喜歡看熱鬧，只要他別從中得到什麼奇怪的靈感就好。

樂曲奏響最後幾個小節，情侶們漸漸停下舞步，彼此對望。

艾絲特琳公主摘下面具。她沒有施展控制皮肉的法術，所以此時臉色冷漠，看上去十分不開心。她脫下白色的絲綢手套，輕輕撫上奈勒的臉頰，因為經常操作施法器械和接觸各類藥劑，她的指腹比普通宮廷仕女更粗糙一些，奈勒微笑著低下頭，閉上眼，在鐘聲中，這是他們第一次當眾擁吻。人們發出低低的驚呼聲，這一行為意味著公主已經選好了自己未來的夫婿。

艾絲緹和奈勒的風頭沒有持續多久，很快，人們的注意力被一聲淒厲的大叫吸引住了。

羅賽．格林拚命掙扎著：「滾開！你再靠近，我就要放火球了！」

諾拉德緊緊抓著術士的雙手，把他按在舞池旁的柱子上。

「你不會的。」諾拉德貼了上去，兩人的胸膛抵在一起，「附近有這麼多客人呢，難道你想誤傷別人？就算你只想傷害我一個人，我的客人也會衝上來制伏你，除了他們，還有外面的士兵，你也要攻擊他們嗎？就像過去一樣報復無辜之人？」

「無恥！你拿這些人當人質？」

「當然不是。我知道，你不會傷害他們。」諾拉德又湊近了一點，在羅賽耳邊小聲說，「你已經變了。就像那時，你的火焰也沒有真的傷到我。」

羅賽久久不語，手臂不再那麼緊繃，諾拉德乾脆地放開了他。

「你怎麼知道我會來？」羅賽問。

「我並不知道。我只是想著，萬一你會來呢？只要你來，我就要抓住你。」

「我不是為了見你才來的。」羅賽撇開頭，「我是……我是來看蘭托親王的。」

諾拉德笑了笑：「我一直盯著你。你一直到處閒逛，像是在找什麼人。我父親可沒有戴面具，而且他大部分時間都在同一個座位上，如果你要找他，你早就找到了。那麼，你到底在找誰呢？」

羅賽狠狠地說：「我在找塔琳娜。」

「你和她見過面了，你還教她挑選榴槤，她並沒有認出你。然後你離開了她，繼續左顧右盼。」

「我……」

羅賽的話還沒說完，諾拉德卻突然吻住了他。這次，諾拉德沒有按住羅賽的手，奇怪的是，羅賽竟然沒有打人，也沒有逃走。

伯里斯趕緊移開目光。他也被親過，但他還是不好意思看別人卿卿我我。

午夜的鐘聲響起時，伯里斯的目光無處安放，大廳裡到處都有人在擁吻。他只好同情地望向臉色蒼白的蘭托親王，又看了看不知所措的衛兵們。等到他終於收回目光時，他突然渾身一凜——

剛才，洛特跑去前面圍觀了。現在，伴隨著悠揚的鐘聲，洛特鑽出人群，閃過一對對情侶，正帶著熱忱燦爛的笑容向伯里斯走來。

私底下親昵是一回事，在大庭廣眾、眾目睽睽之下擁吻又是另外一回事！

洛特靠了過來，馬上就要拉住伯里斯的手腕了，伯里斯當機立斷，施展了一個近距轉移術，瞬間消失在人群之中。

近距轉移不是傳送術，用它移動不了太遠的距離。伯里斯出現在迎賓大廳的門口，他頭也不回，順著鋪著紅毯的長階跑向庭院。

致施法者伯里斯閣下及家屬

現在庭院裡沒有幾個賓客，只有一些僕人和士兵，他們剛才收到指示，諾拉德已經抓到目標了，這個法師模樣的年輕人肯定是普通客人，所以他們就悠哉地隨意看戲。

另一名「普通客人」很快追了出來。與那個恐慌的小法師不同，這位客人不但跑得飛快，而且臉不紅氣不喘，全程喜笑顏開。他在園藝區附近追上了小法師，眼看就要抓到法師的斗篷了，可是他一伸手，法師又從他面前消失不見。

午夜鐘聲結束時，洛特站在修剪成獨角獸形狀的樹籬下，手中抓握著從伯里斯斗篷上遺落的幾絲頭髮。

亞麻色的細軟髮絲正好纏在他無名指上，在月光下泛著羞澀的微小光澤。

鐘聲之後，慶典還不算結束，蘭托親王的領地比較富裕，城裡的多數主要幹道都普及了奧術光球照明。所以每逢慶典時，雜貨夜市和室外歌舞也總要喧鬧到凌晨。

洛特沒有急著找伯里斯。他離開主城堡，在夜市閒逛了一會兒，隨便買了幾件有趣的小東西。他停下來看煙火的時候，一個賣軟糖的小少年叫住了他，遞給他一張折疊得整整齊齊的紙條。紙上寫著門牌地址，位置有點偏僻，但也不算太遠。這是伯里斯的筆跡，署名卻寫著「柯雷夫」。

洛特問少年：「你是怎麼認出我的？你都沒有問我的名字。」

少年淳樸地回答：「託我送信的人和我說你穿了什麼衣服，城裡除了馬戲團外，外地人中就只有你穿成這樣，很好認的。」

紙條上的地址位於鐵匠街街尾。這一帶不是集市區域，凌晨時安安靜靜，周圍沒有煙火和光球，洛特這才發現，今天的夜空中竟然掛著一輪滿月。銀隼堡竟然在月圓之夜放煙火，真是暴殄天物。

他找到了一棟有著一半地下結構的兩層小屋，門前掛著圓形招牌，上面什麼字也沒有，只有一個筆劃複雜的符文。洛特推門而入，門上的迎客鈴隨之叮噹作響。屋內光線充足，猶如白晝，可是這光芒卻僅僅照亮室內區域，即使大門被推開，木窗有些微縫隙，光芒也完全不會流淌到屋外。

看到室內的擺設洛特就明白了，這是一家施法用品商店。店裡的貨架上擺滿施法用品，左邊區域是常用藥劑和小工具，右邊是附魔物品和武器，難怪這家店緊靠著鐵匠街。

屋子中間有一座木樓梯，根據指示牌所示，樓上是書籍區，樓下非請勿入。而洛特愉快地選擇了非請勿入。

地下一層是一條長廊，長廊連接著地上的高窗，另一側是幾扇緊閉的木門。第三扇門虛掩著，裡面昏昏暗暗、燭火搖曳，洛特走到門口，毫不意外地看到了伯里斯的背影。

伯里斯背對房門，站在試驗臺邊，面前全都是瓶瓶罐罐，還有一只正飄浮在空中的小坩堝。坩堝裡咕嘟咕嘟冒著熱氣，伯里斯一邊盯著它，一邊留意著臺子上的沙漏。

洛特走進來的時候，沙漏正好漏完。伯里斯隔空操縱著坩堝，把它移向左側置物架，架子上有一只張開的蚌殼，小坩堝自行傾斜，把剛才熬煮的東西倒進了蚌殼裡，蚌殼隨之牢牢合攏，坩堝也穩穩落回了置物架上。

洛特從來不打擾伯里斯施法，這次也一樣。看到伯里斯的手閒下來後，他才靠了過去。「這是你的房子？」他問，「原來你在銀隼堡也有商店啊？」

伯里斯回頭看了他一眼，耳尖和脖子竟然還有點發紅。伯里斯說：「也不算我的。房子和店確實在我名下，但現在的店長是我一個同事的學生，我不插手經營的事。」

「那個學生人呢？」

「出去玩了。我和他打了招呼，暫時借用一下他的工作室。」

洛特笑道：「你午夜十二點從城堡慌張逃離，就是為了來這裡做實驗？」

「不是，我只是因為想跑，就跑了。」伯里斯回答得十分坦誠，「大廳裡那麼多人，我知道那時候您想……」

洛特打斷了他的話：「我明白了，人太多，你不好意思。你的意思是，沒人的時候就可以了，對嗎？比如現在？」

問出這句話之前，洛特已經想像過伯里斯的反應，比如低著頭不說話，或者嘟囔著「您怎麼總是這樣」。但他錯了，這次伯里斯竟然給了他準確的回答。

「是的。」

「啊？你說什麼？」

伯里斯耳尖上的紅色蔓延到整隻耳朵，脖子上的紅色也逐漸暈染到臉頰，他皺著眉頭，表情嚴肅得彷彿在做什麼重大決策：「現在可以的……」

說著，他向前走了一步，慢慢抬起頭，緩慢得像頸椎受傷的患者在接受牽引，他不停想著洛特在舞會上說的話：**你該認真學習怎麼當一個年輕人，你要勇敢一點、主動一點……**

這已經是他目前能做到的極限了。他也不想總是扭扭捏捏，只等著洛特摟著他接吻。但是，當他給出回答、走上前、抬起頭時，他已經沒有多餘的勇氣再踮起腳尖了。

洛特不會讓他繼續為難，所以立刻輕輕地親了親他。現在洛特有話想說，所以反而不那麼想認真接吻，他問：「對了，伯里斯，有件事情，我一直沒有正面問過你。」

「那您現在問我吧。」伯里斯被親完後就低下了頭。

洛特問：「你是從什麼時候開始喜歡我的？」

伯里斯張口結舌。他以為自己會聽到「你到底喜不喜歡我」之類的問題，他翻過洛特的書，書裡的人總會互相詢問類似的問題，或更加酸溜溜的版本，比如「你愛我嗎」和「你愛我有我愛你那麼多嗎」之類的。

沒想到，洛特根本不問那些沒有安全感的問題。他才不質疑什麼喜不喜歡，他早就覺得一切盡在掌握之中了。

反應過來後，伯里斯鬆了一大口氣。這個問題顯然是比較好回答的。

「在森林裡的時候。」伯里斯說，「大概是您救了我之後，帶我去珊德尼亞的路上。要是再細說，我就說不清楚了。」

他說完之後，洛特半天沒有接話。他偷偷抬眼看了看，竟然在洛特臉上看到了震驚的表情。

洛特瞪大雙眼：「那麼早？」

「當時我也不知道，」伯里斯低聲說，「後來我想了很久才覺得，應該就是從那時候……」

話還沒說完，他細不可聞的聲音就被埋進了洛特的胸膛。洛特一把抱住他，臉頰在他的頭髮上磨蹭：「唉，伯里斯，你輸了。我真是罪大惡極。」

您在說什麼亂七八糟的？伯里斯滿腦子問號，卻說不出話來。洛特的力氣稍稍放鬆了一些，繼續把法師環在胸前，這次他沒有亂揉伯里斯的頭髮，而是像撫摸小動物一樣慢慢撫摸著伯里斯的肩膀和後背。

洛特嘆口氣，說：「跟你說實話，你不要傷心。我是從和你分開之後才開始喜歡你的，在森林裡抱著你的時候，我主要是在想：這個小法師到底有沒有本事呢？能不能活下去呢？後來，我要離開了，突然就捨不得你了。然後，我們再相逢的時候，看到了你的遺體……不，是躺在精金棺裡原本的身體時，我第一次意識到我好像特別喜歡你。」

伯里斯鑽出洛特的懷抱：「大人，我跟不上您的思維節奏了。您到底想表達什麼？」

洛特挑眉一笑：「浪漫小說裡有一個通用法則，先心動的人就是輸家。所以，伯里斯你輸了。」

伯里斯平靜而迷茫地看著他。

洛特把笑容收斂了一些，乾咳兩聲，恢復正常語氣：「呃，取消。剛才我說的那些話都取消。我只是想對你毫無意義地甜言蜜語一下，但我沒有表達清楚，說得比較牽強，效果有點尷尬。」

洛特還是這麼坦誠。他的話何止有點尷尬，簡直尷尬得令人想失憶！伯里斯表情僵硬，不知道該不該繼續回答。

這時，置物架上傳來的喀嗒聲拯救了他，他趕緊轉過頭查看蚌殼的情況。

這聲音也同樣拯救了洛特，給了他自然地改變話題的機會。他問：「伯里斯，我明白你為什麼想跑，但你為什麼會跑到這裡做實驗？」

伯里斯捧著蚌殼走了回來，不好意思地笑了笑：「我不是在做實驗。我……我有個東西想送給您。」

說著，他念了聲咒語，在上面抹了一下，蚌殼噗地張開，內部流溢出銀中帶彩的光華。

通常人們打開蚌殼，是為了取出貝肉或珍珠，而這枚蚌殼中卻躺著兩枚銀色戒指。戒指呈現啞光銀色，戒托簡潔樸素，上面嵌著纖細的橢圓形月長石。

伯里斯取出一枚，示意洛特伸出手。洛特抬起左手，四指攥緊，只伸出無名指。

伯里斯忍著笑為他戴上戒指。當戒指接觸到洛特的皮膚時，它自動調整尺寸，不大不小地與手指貼合在一起。

「這是複合功能的附魔戒指。」伯里斯介紹說，「它們的第一個功能是互相定位，兩枚戒指的持有者可以隨時知曉彼此的位置。使用這個功能時，您需要找到紙張，或素淨一點的布料、牆壁，戒指會根據您的命令在平面上投射出地圖，並標示另一枚戒指的位置。如果另一枚戒指被摘下，或更換持有人，您的戒指會發出劇烈震顫，然後回到未啟動的狀態，也就是現在這樣。現在它還未被啟動，不能投射地圖。互相定位是預設開啟的功能，您不需要為此做任何準備。」

伯里斯一臉嚴肅，彷彿開啟了教院授課模式，洛特有點想插話，又覺得還是靜靜聽著更好。

伯里斯繼續說：「戒指的第二個功能是傳訊，兩名持有者可以在任何距離下呼叫對方。發訊者必須用咒語啟動這個功能，接收者則不需要咒語。以後我會把咒語寫下來給您，咒語很簡短，您肯定能記住。對了，這個通訊功能可以無視任何材料的遮蔽性質，只要持有人同意，也可以讓身邊的第三人加入談話，但通訊不能跨位面，也不能進行無聲的心靈傳訊。」

「它還有一個功能，是……」伯里斯說著，拿起蚌殼中的另一枚戒指。他剛要自己戴上，洛特手疾眼快地一把搶了過來。

「讓我幫你戴。」洛特執起伯里斯的左手，「唉，你們這些法師啊，到底有沒有常識？」

伯里斯當然明白洛特的意思，所以乖乖讓他幫自己戴上戒指。其實，伯里斯之所以要抓緊時間完成附魔戒指，也多少是為了符合「某項儀式」的流程。只是他臉皮太薄，不好意思把附魔戒指說成婚戒，所以只能一本正經地解釋法術，用學術掩蓋緊張。

洛特幫他戴好戒指，但沒有放開他的手。伯里斯看了看兩人無名指上的戒指，深吸一口氣，繼續開始他的法術解說：「這對戒指還有一個功能，也是它們最重要的功能——法術共用。兩名佩戴者可以默認共用對方已啟用的援護類和防禦類魔法，還可以提取對方已經準備好的協力法術。您有魔法免疫，防禦共用對您意義不大，但是其他法術還是用得上的。這部分比較複雜，我細講一下……」

一旦說起學術話題，伯里斯的情緒就變得十分平穩，臉上的紅暈也消退許多。

他正在細心地講解著戒指功能，洛特突然低下頭，在他手背上親了一口。

伯里斯的思路被打斷，皺眉問：「剛才我說了那麼多，您是不是根本沒好好在聽？」

「不是。」洛特說，「我很認真聽呢，所以我在想，將來你教我一些人類使用的奧術，好不好？」

「您怎麼會有這種興趣？」

「我為什麼不能有這種興趣？反正現在我沒有神術能力了，如果能跟你學點什麼，也挺有趣的。」

伯里斯剛想回答，洛特又說：「你別誤會，我不是想靠這個打發時間，我很認真的。伯里斯，你看過那兩本古書，所以你已經看過我的過去了；而我在六十幾年前救過你，也算參與了你的過去。現在我們舉行儀式、互相戴戒指，這是為了什麼？無非是為了做出階段性的承諾——接下來，我們打算參與對方的未來。你說對嗎？」

洛特的這段話中並沒有什麼刻意的調戲，可是不知怎麼回事，伯里斯的臉上又開始發熱。這肯定不是香檳的後勁，剛才他施法時很俐落，幫戒指附魔也特別細心，酒精並沒有帶走他的冷靜。

兩個人戴著戒指的手還握在一起。伯里斯小聲問：「那……我們都交換完戒指了，可以了嗎？」

「你是說婚禮儀式？」洛特搖搖頭，「遠遠不夠。首先，我們沒有邀請親朋好友……」

伯里斯說：「我們兩人身上都有不適合公開的祕密，不管將來如何，反正現在就是不適合公開，這種情況下，我們能請誰？我們最多只能請一下艾絲緹，還有您的三名造物。不，連艾絲緹也不能請，讓她看著這些也太尷尬了。」

洛特想了想，如果專門叫三個造物來圍觀他親吻法師，這確實有點尷尬。「好吧，」他說，「我們兩個都沒有能請的朋友，真不愧是死靈法師和異界生物。那麼，花車巡遊呢？書中盛大的婚禮通常有這一項。我們坐在鮮花馬車上，旁邊有人撒花瓣，馬車慢慢走過城裡的每一條街道。我們可以不用去大城市，冬青村就可以了，冬青村也挺大的。」

伯里斯無力地說：「大人，您仔細地、認真地想像一下那個畫面吧。我們兩個坐在馬車上，莫名其妙地在冬青村亂走。這不是花車巡遊，這更像恥辱遊街。」

洛特摸了摸下巴：「也對，是有點奇怪。那算了，這些都無所謂，但最重要的一點不能省略，我們要交換誓言！」

「這倒是可以……」伯里斯想，反正現在四下無人，臉面這東西，可以暫時不要。

洛特說：「在別人的地下室裡交換戒指和誓言，這也太不浪漫了。」

「那您想去哪裡？」伯里斯的心懸了起來，生怕洛特提出要回城堡或者王都。

好在，洛特提出的要求並不難：「至少要回到你的法師塔吧？」

伯里斯痛快地答應了。回高塔比什麼都好，在塔裡他最有安全感，而且他的塔裡沒有活人，萬一他們說了什麼肉麻的話，也不會被旁人聽見。

很多大型城市都無法直接用傳送術進出，銀隼堡也是如此，但對伯里斯這樣的法師來說，這些規則只是用來束縛別人的，他自己可以選擇性遵守。畢竟，薩戈境內大多數阻斷傳送的法陣都是他參與設計的。

銀隼堡裡有個「後門」，就位於這間商店的地下深處。商店地下二樓藏著一間石室，室內是阻斷陣法的死角。而這裡還預置了一個半成品的傳送陣，法師們雖然無法傳送進城，卻可以從這裡傳送離開。

伯里斯給店主留下感謝的紙條，帶著洛特找到石室。在幫法陣補齊咒文的時候，伯里斯暗暗慶倖著：洛特曾說要為「婚禮」準備禮服，還叫他不許穿法袍宣誓，今天洛特好像沒有特別強調這一點。當然，某種意義上來說，此時洛特穿的確實是禮服，伯里斯穿的也不算法袍，而是外出的禮裝長袍。

伯里斯思考著：難道是洛特忘記了？第一次提起「婚禮」時，洛特剛從意識混亂中回復，難道他不太記得那時候說過的話了？還有，剛才洛特輕易就同意了不邀請親友、不進行花車巡遊，他竟然這麼容易被說服，痛快地放棄了那些浪漫而無用的細節？這樣正常嗎？

伯里斯一邊完善法陣，一邊隨意思考著。越是思考，伯里斯越感到歉疚。洛特是真心喜歡浪漫的事物，他是認真的，不是想借此羞辱嘲笑別人，而我明明知這一點，卻因為自己太愛面子、太沒膽量，故意不去滿足他的願望。

但伯里斯沒有發現，現在洛特的臉上根本沒有惋惜之色，他正興致勃勃地盯著半成品法陣，反覆摸索著無名指的戒指，一心期待快點回到高塔。

致施法者 伯里斯閣下及家屬

To Burris the Spellcaster and His Family Dependent

Chapter 09

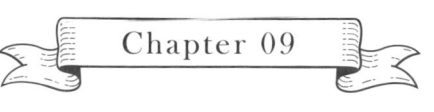

致施法者伯里斯閣下及家屬

法陣啟動後，兩人轉瞬間就回到了不歸山脈。有熱鬧的銀隼堡作為對比，不歸山脈的夜晚更顯靜謐。金色滿月高懸，微風挾著草香，通向高塔的小路上樹影婆娑，洛特襯衫上的亮片和水鑽忽明忽暗。

沿小路行走時，洛特和伯里斯沒有再牽著手。洛特哼著歌走在前面，伯里斯則一邊習慣性地檢查防禦法術，一邊繼續左思右想。他想填補洛特的遺憾，卻想不到兩全的辦法。如果要舉行正式的婚禮，他可能會因為難為情而當場昏倒；如果就這樣把事情敷衍過去，他又於心不忍。

推開高塔大門時，伯里斯忽然有了主意。今天先用戒指應付一下，將來再慢慢學著適應洛特喜歡的方式。

洛特說要和他學法術，那麼他也可以嘗試學習一下浪漫。這兩件事都不能著急，學習法術要從基本常識開始，先積累知識，再開始實踐，一點點慢慢進步，學習浪漫的過程恐怕也是一樣的。

反正現在他們有的是時間。伯里斯是二十歲的健康青年，骸骨大君順利地離開了神域，落月山脈恢復和平，沒有術士報復群眾，黑松比過去沉穩懂事，艾絲緹和她的騎士不需要旁人擔憂，奧吉麗婭、席格費與奧傑塔在世間自由自在地旅行，不必再為煉獄或死靈而憂心，《編年史》與《頌歌集》安靜地躺在解析法陣裡，黑湖神域依舊沉睡在遙遠的異界中，希瓦河流域的手掌蟒和各類怪物都得到了控制，霜原蠻族們也過上了安穩的日子，伊里爾受到奧法聯合會的控制，白塔的惡夢將永不重現。

現在，伯里斯和洛特都沒有什麼需要擔心的事情了。在未來的日子裡，他們可以一起看書、做實驗，也許還要測試附魔武器。閒暇時，他們可以和赫羅爾夫伯爵玩遊戲，逛逛附近沒去過的地方，偶爾一起出個遠門，參加慶典，出席會議。哪怕將來他們還會遇到麻煩，還會勞心費神，那也只能算是安穩日子裡的小插曲，不算什麼大煩惱。

他們可以盡情探索奧法與人生，哪怕未來還有凶險，他們也有時間研究對策，最終一定能化險為夷。

兩人已經站在高塔的一樓大廳裡。伯里斯想著想著，不自覺地笑了起來，洛特湊過來問：「你想到什麼了？笑得這麼開心？」

伯里斯這才察覺自己的表情，他有點不好意思，又收不住笑容，表情一時變得十分僵硬。

洛特說：「現在塔裡沒有別人，連赫羅爾夫伯爵都被關在房間裡，沒有人能聽見我們說話，所以……」他邊說邊靠近伯里斯，雙手扶著法師的肩膀，「伯里斯．格爾肖，你願意和骸骨大君洛特巴爾德共度人生嗎？不論未來貧窮或富有，快樂或悲傷，正義或邪惡，保守或放蕩……」

「什麼？」伯里斯嚇了一跳。洛特怎麼毫無預兆就開始背誦婚禮誓詞了？這些話不該由當事人說，應該讓司儀或神職人員說。還有，正義或邪惡是怎麼回事？保守或放蕩又是什麼東西？洛特到底是從什麼書裡學的起誓詞？

伯里斯深呼吸了幾次，努力平靜一下心情。他提議道：「大人，您給我一點時間，讓我去找一個巫妖來吧。」

這次換成洛特目瞪口呆：「找巫妖幹什麼？」

「我是說，您看，一般來說，人們在發誓的時候，身邊不是都會有個見證者嗎？見證者要不是神職人員，就是德高望重的老人家。」

「所以你就想找巫妖當司儀？」洛特哭笑不得，「伯里斯，你酒量是不是特別差，一點香檳就意識不清了？」

其實他們兩個都很清楚，伯里斯沒醉，只是又出現了智商下降的症狀而已。法師表情嚴肅地說：「我是認真的，我真的認識一個巫妖。我還可以把塔裡的魔像和實驗屍體都喚醒，讓它們站滿塔前的小廣場，這樣排場顯得比較大。還有，地下法術空間裡有嵌合魔像軍隊，當初我花了好長時間製造它們，主要是為了去亡者之沼找您，那些戰鬥魔像折損了一些，但還剩下不少，它們可以組成騎兵隊、軍樂隊……」

說著說著，伯里斯的聲音越來越小，這次倒不像害羞，更像是想著別的事而走神了。

洛特放開伯里斯的肩膀，改為拉住他的雙手，慢慢揉著他攥緊的手指。

「你怎麼緊張成這樣？」洛特柔聲說，「我都說可以不要賓客了。你別緊張，說『我願意』不就好了嗎?反正我知道你願意。」

伯里斯深呼吸了一下，說：「我……我真的特別緊張。」

洛特問：「現在還緊張嗎?你不是早就有心理準備了?」

「我願意。」

這句話出現得太突然，洛特一愣：「呃，你回答的時機不對，這句話出現得也太突兀了吧……」

高塔大廳裡燈光昏暗，他看不清楚伯里斯的臉到底有多紅，肯定是伯里斯故意不讓燈火變亮的。洛特心裡大概有數，對伯里斯來說，這句話隨時可以說，時機越不對，他反而越容易表達出來，如果專門一問一答，這個害羞的老頭子根本不敢開口。

想明白之後，洛特決定好好掌控節奏：「好，那我繼續了。我也願意，現在我們可以接吻了。」

說完，他飛快地在法師的唇上啄了一下。與他們之前的接吻比起來，這個誓言後的吻多少有些敷衍。吻過之後，洛特摟著有些迷茫的法師，匆匆穿過走廊，向停著浮碟的螺旋階梯走去。

洛特同意不請賓客、不進行花車巡遊，無非是想盡量精簡「婚禮」的流程，早一點和小法師回到塔裡。現在，他的陰謀馬上就可以得逞了。

走廊裡站著一尊未被喚醒的內務魔像。走過它身邊時，洛特從胸前口袋裡摸出一團被壓扁的乾花，丟在魔像的肩膀上。

伯里斯不解地望著乾花和魔像，洛特說：「那是我在銀隼堡隨手買的，算是婚禮捧花吧，婚禮最後不是都要向賓客扔捧花嗎？恭喜魔像接到了祝福的花束，現在典禮結束了，在法師塔、書本、魔像、屍體、魔法耗材等等的共同見證下，骸骨大君洛特巴爾德和伯里斯・格爾肖結為——」

「結為夫婦」好像有點不太對勁，他想了想，改口說：「結為正當關係！」

踏上浮碟之後，洛特捏了捏法師的肩膀：「伯里斯，我們不僅僅是盟友，我們已經舉行過簡陋的婚禮了。」

「嗯，是的……」伯里斯低著頭若有所思。

「我想去你的房間聊聊，你把浮碟停在那層吧。你知道這是為什麼嗎？」

「不知道……」

「你房間裡有清泉水晶做的大落地窗。」

法師一個激靈抬起頭：「和窗戶有什麼關係？您要做什麼？」

洛特噗哧笑了出來：「伯里斯，看你不言不語的樣子，好像一無所知似的，但其實你什麼都懂啊。」

「您在說什麼……」

「你早就知道我喜歡那扇窗戶。如果你什麼都不明白，當我說要去你房間是因為水晶窗的時候，你應該毫無疑慮才對。剛才你那麼驚訝，還問和窗戶有什麼關係，這說明你早就知道……」

「好了好了，」伯里斯懊惱地揉了揉眉心，「您別說了……」

「又不好意思啦？」洛特輕輕抱住法師。這個擁抱十分輕柔，毫無侵略性，更沒有欲望的暗示，就像親友間的安慰，洛特想以此安撫一下伯里斯，以免小法師惱羞成怒又想方設法逃走。

他慢慢撫摸著法師的頭髮，嘆了口氣：「伯里斯，我十分感慨，這一切似乎很不真實。你是人類死靈法師，我是半神，現在算是三分之三個真神……」

「大人，那叫四分之三。」

「等我說完，你再糾正錯誤。我是想說，在我讀過的冒險傳奇小說裡，我這樣的角色經常被寫得很冷漠，他們通常不愛任何人，不然就是會愛上一個身分沉重的人，比如光明的使者啦，命中註定的敵人啦什麼的。我怎麼就不是這樣呢？我好像特別平凡，一點也不特殊。」

伯里斯笑道：「您還想要多特殊？依我看，您比小說裡愛上人類牧師的黑暗之神特殊多了。您想想，那些虛構的神、金龍、古代魔鬼什麼的，他們哪個會從寡婦家抱回一隻狗，哪個會買沒用的樂器當裝飾，哪個會看一堆亂七八糟的閒書。」

洛特鬆開懷抱，盯著伯里斯：「伯里斯，我認真問你一件事，你誠實回答我。」

「您說。」

「我沒有回來的這七天，你是不是經常去看我的書？」

法師沉默不語。洛特又說：「如果你沒看，你怎麼知道書裡的內容？尤其是黑暗之神和人類牧師那本，還有金龍和惡魔那本，那兩本都相當刺激。」

伯里斯和他對視了一下，又馬上移開目光：「您都說要和我學法術了，我也可以和您學……學這些花稍的東西。」

洛特微笑著，捧起法師的臉，用一個深吻代替了接下來的話。

他悄悄地發現了一件事：小法師特別喜歡擁抱。當他摟著伯里斯的時候，伯里斯會自覺地調整腦袋的角度，安心地靠在他肩窩裡；他親吻伯里斯的時候，伯里斯會偷偷抓住他的衣服，或者環住他的腰。法師的這些動作都小心翼翼的，有點像當年在霧凇林的時候。那時，二十歲的伯里斯也是這樣，又貪戀安全感，又怯生生地不敢太主動。

浮碟已經在起居樓層停穩。其實洛特也多少有點緊張，在漫長的歲月中，他經歷過比此刻驚險數倍的事情，遠一點有對戰煉獄生物，近一點有繼承黑湖神域。而那些都是昔日之勇，過去的經歷再怎麼奇特，也無法掩蓋他現在「砰砰」的心跳聲。

穿過走廊時，一種奇異的寂靜突然降臨，他們兩人都沒再說話。伯里斯沒有找藉口逃走，洛特也沒有再油嘴滑舌。

伯里斯的房間裡有一個內務魔像，不是威利斯，是一個長有四臂的半人長桶狀懸浮構裝體。這個魔像負責整理起居區域，還經常被塞在臥室或浴室的角落裡，伯里斯故意把它設計得不似人形，這樣他就不會有被活物窺視的錯覺。

兩人走進房間時，桶魔像正懸浮轉圈著打掃櫥櫃。因為洛特說喜歡清泉水晶窗，所以伯里斯就自然而然地調試水晶的透光度，洛特則做出一副首次進屋的樣子，到處摸摸看看，繞過衣帽壁櫃，說了句「我去洗把臉」，鑽進了藏在牆壁轉角後的浴室。

屋裡暫時只剩下伯里斯和一個魔像。伯里斯站在窗邊，腦子裡一團亂麻，明明這裡是自己的塔、自己的房間，他卻緊張得幾乎不敢用力呼吸。

清泉水晶從淡茶色轉為透明時，房間深處傳來了嘩啦啦的水聲。這不是洗漱的聲音，聽起來簡直像是傾盆暴雨。伯里斯立刻明白原因——他的浴室有個小型魔法裝置，裝置啟動後，浴池正上方，天花板表面的深藍色方解石層會開始「下雨」，與此同時，浴池裡的水會自動下滲，維持水位高度。

這個裝置是伯里斯與另外三位法師聯合發明的，如今四位發明人中只有三位還在世。由於製作材料稀少、來源敏感等原因，此裝置的保密等級比即死法術和異界禁咒還高。奧法聯合會現任議長曾說過，如果此裝置的原理與材料被洩漏出去，輕則引起施法耗材市場危機，重則間接導致戰爭。

每當伯里斯意識到自己的房間裡藏著這種高等級的祕密裝置，他都會偷偷地自滿一下。

洛特大概也在感嘆室內溫水雨的奇妙之處。他能免疫妨害法術，同時也能主動操縱魔法物品，如此一來，防誤觸的法術對他沒有作用，在他好奇摸索的時候，一不小心就啟動了那個裝置。

過了一會兒，雨聲中傳來洛特的大叫：「怎麼關掉這東西？」

伯里斯對桶魔像下達關閉裝置的命令，驅使它飄往浴室。桶魔像久久不出來，暴雨聲也久久不停，伯里斯只好親自走過去查看。

浴室藏在一堵牆後面，窄窄的走廊上垂著兩層絲絨帳幔，帳幔由特殊材料織成，能夠吸取並隔絕濕氣。伯里斯掀開外層帳幔，念了一句喚回咒語，聽到了桶魔像甩著水艱難漂浮的聲音。

他再掀開內層濕熱的帳幔時，桶魔像正好貼著地板低空飛出。與此同時，一隻濕漉漉的手抓住了他的手臂，他腳下一踉蹌，被扯進了熱氣蒸騰的浴室。

今夜各地都是月明星稀，只有不歸山脈的法師塔裡水霧瀰漫，下著祕密的溫水雨。

——《致施法者伯里斯閣下及家屬 vol.4》完

致施法者伯里斯閣下及家屬

To Burris the Spellcaster and His Family Dependent

Extra Chapter

浴室那晚

小說裡經常寫到，兩位主人公的肢體一接觸，無形的火焰會瞬間燃起，情欲吞沒了兩人的理智，一發不可收拾。他們會自然而然地開始擁吻，然後順理成章地瘋狂做愛。

他們脫衣服脫得很快，在這一點上，不同的作者會有不同的描寫偏好。有的人喜歡寫「不知什麼時候，褲子已經不見了」，也有的人喜歡詳細描寫脫褲子的過程，還有的人喜歡不寫過程，直接寫「回過神來的時候，兩人已經身體赤裸」。總之，這聽起來很容易，跟著感覺走就好，根本不需要特別思考什麼。

洛特覺得，他可能被小說騙了。

他把伯里斯拉進浴室，浴室的天花板還下著溫水雨。在大雨和水蒸氣中，法師渾身濕漉漉的，頭髮貼在臉和脖子上，水珠貼著鎖骨滾進衣領。洛特一手抓著法師纖細的手腕，慢慢地靠近——可是事情並沒有如他預料的那樣發展。

他們發生了浪漫的肢體接觸，卻並沒有自然而然地開始擁吻。

伯里斯愣了一會兒，突然大驚失色起來。他從懷裡掏出兩個軟牛皮信封，從隔絕濕氣的帳幔下丟了出去，然後又解開皮帶，連同上面的腰包和錫器掛盒一起扔了出去。扔完東西，他又脫掉鞋子，最後對外面的桶魔像下達了一句奧術語言命令。

做完這一切，他才如釋重負地抹了一把臉上的水。

洛特明白了，大概是伯里斯身上有些不能淋濕的東西。但是不對啊，之前伯里斯也淋過真正的暴雨，當時他並沒有這麼慌張。

看到洛特不解的樣子，伯里斯說：「呃，是這樣的，這個深藍方解石層下的雨和真正的雨水不一樣，這種水可以用來洗漱，也可以供人畜飲用，但對某些魔法材料有一定的腐蝕性。」

洛特塌著肩膀：「原來如此，是我太不小心了。」

伯里斯趕緊說：「沒事沒事，您別擔心，那些東西沒有壞掉，沒事的，它們不會因為接觸一次雨水就被損毀，只是出於保養需要，小心一點比較好。」

「還有別的什麼嗎？你再檢查一下？」

伯里斯還真的又檢查了一會兒，再次掏出幾樣東西丟了出去。「這個，其實它不怕水，」他邊整理邊說，「但是烘乾比較麻煩，所以還是拿出去吧。還有這個，水不影響它的功效，但我幹嘛要把它帶在身上呢……」

洛特舉起左手問：「我們的戒指怕不怕水？」

「不怕。它連沸水都不怕，火也不怕，強酸可以破壞它的色澤外觀，但不能徹底分解它，也不影響它的功效。但來自煉獄的火種可以焚毀它，您一定要小心。」

「好……」

洛特摸了摸戒指，突然意識到：我在幹嘛？我把小法師拉進浴室，難道是來聽他講解如何保養魔法物品的嗎？

我們站在熱氣蒸騰的浴室裡，渾身濕透，傻乎乎地聊什麼煉獄火種，這和我預想的發展不一樣啊！

事不宜遲，他決定避免偏離主題，直奔目的。他問：「說真的，你知不知道我是故意的？」

「知道。」伯里斯老實地回答，「我知道您假裝不會操作水幕，騙我進來。」

「那倒沒有。我是故意拉你進來，讓你也被淋濕，但我沒有假裝不會操作水幕，我是真的不會。」

伯里斯看著他，噗地一笑：「那我把它關掉。」

「不用關。」洛特一手撐住牆壁，一手輕輕捏起法師的下巴。

在接吻的時候，他突然意識到：伯里斯好像並不是特別害羞？在浴室裡，兩個人濕漉漉的，我把他堵在牆邊親吻，他好像順利地接受了？一點也不抗拒？

一吻結束之後，洛特意識到了問題所在。

因為他還沒脫衣服！

走進浴室之後，他到處摸摸索索，偏偏就是沒有脫衣服，一點洗澡的誠意都沒有！

於是他放開伯里斯，哼起小曲，開始解外套的釦子。

伯里斯果然有些緊張了，但他什麼也沒說。洛特扔開外套，扯掉領巾，從腰帶裡掏出襯衫下襬，把兩件衣服一起脫掉，濕漉漉的結實胸膛完全呈現在伯里斯眼前。伯里斯不知道該看哪裡，目光飄忽了一會兒，決定盯著地板上豔麗刺眼的水鑽襯衫。

洛特開始解開皮帶。他故意放慢動作，觀察伯里斯的反應。「你也該脫掉衣服。」他說，「難道你要穿著衣服洗澡嗎？」

伯里斯艱難地說：「大人，您的意思是，我們要一起洗澡嗎？」

「顯然正是如此。」

「但是……」

洛特說：「我是故意把你拉進來的，而你默許了我的行為，這說明你完全明白我在暗示什麼。接著，你想起身上有東西怕魔法雨水，於是你選擇把它們扔出去，而不是自己跑出去，這說明你決定配合我的陰謀。你穿著濕衣服站在這裡，和我浪費了這麼多口舌，我們還接吻了，這說明你知道這是新婚之夜的某種項目。伯里斯，既然你什麼都懂，而且也情願，那你還彆扭什麼？」

伯里斯默默點點頭，真的採納了洛特的建議。他先脫掉最外面的罩袍，把它掛在毛巾架上，借著這個動作，他自然而然地轉身背對洛特，慢吞吞地解開正裝長袍的紐襻，像在面壁思過一樣。

他身後繼續傳來窸窸窣窣的聲音。

鈍響是洛特踢掉靴子的聲音，「嘶溜嘶溜」是他故意踢水的聲音，磁磚被金屬小東西砸中，發出「叮」的一聲脆響，這是皮帶搭釦和褲子一起掉在地上的聲音。

從這一系列動靜判斷，現在洛特身上應該沒有什麼衣服了。伯里斯越來越緊張，紐襻就更加難解開了。

洛特一邊揉搓頭髮，一邊笑嘻嘻地盯著伯里斯的背影。伯里斯顯然是在拖延時間，解釦子不需要這麼久，聽說法師的手指很靈活，按理來說他們脫衣服應該更快才對。

洛特決定，既然伯里斯動作慢，那我就去幫他吧。

他的手接觸到伯里斯的肩頭。伯里斯渾身僵硬了一下，很快又放鬆下來。他仍背對著洛特，脫下了正裝長袍，裡面是已經濕透的貝殼色長襟襯衫，他半側著身，把長袍掛在罩袍旁邊。做這個動作時，濕衣服完全勾勒出他肩胛骨的線條，洛特看得咽了一口口水，突然伸手把小法師摟進懷裡。

伯里斯一緊張，腳底突然打滑，差點失去平衡。這正好順了洛特心意，他把手臂收得更緊了，小法師濕漉漉的脊背貼在他的胸膛上，兩人之間只隔著一層薄襯衣。

洛特低下頭，親了一下法師的側臉：「你繼續啊。」

「繼續什麼？」伯里斯的臉頰、耳朵和脖子都紅透了，整個人靠在洛特懷裡不知所措。

「繼續脫衣服，還有褲子。我們不是已經說好了嗎？再說，你在熱騰騰的浴室裡穿這麼多，不難受嗎？」

洛特環著他的腰，右手正放在他的褲帶旁邊，只要輕輕一拉，帶子就會鬆開。但洛特並不想強行脫小法師的褲子，他們第一次如此親密，強行脫褲子好像有點不紳士。

伯里斯思考著：洛特說得沒錯，他們把該說清楚的話都說了，戒指也戴上了，已經到了這時候，他應該勇敢一點，像一個真正的二十歲青年一樣。於是他勇敢地摸索著襯衣上的紐襻，盡可能迅速地從下往上又解開了幾個鈕釦。

洛特親了親他的耳尖，又沿著耳垂吻到脖子，伯里斯抖了一下，雙手也僵在原地。洛特一隻手悄悄滑進襯衫下襬，一手仍摟著法師的腰，他在伯里斯耳邊問：「你有沒有覺得，被我的手摸到的地方很熱？」

伯里斯真的仔細感受了一下，然後誠實地回答：「沒有。」

「沒有？」

法師小聲說：「靠著您這麼近，其實您全身都很熱。可能是浴室裡水蒸氣的緣故……」

雖然這一點和書上寫的不太一樣，洛特卻聽得心裡一顫。他的雙手不自覺地用力了些，好像要把小法師整個揉進懷裡似的。「伯里斯，」他把嘴唇貼在法師的耳郭上，「你要是真的不好意思，還是讓我幫你解開吧。」說著，他的右手滑進小法師腰間，棉布長褲的腰帶已經微微鬆脫了，「伯里斯，我的臉皮比較厚，腦子裡亂七八糟的想法也很多，所以，我做什麼都很正常，你不要太難為情。」

伯里斯點點頭。其實他隱約覺得洛特那段話的因果邏輯不是很對，但他還是只能點點頭。他靠在洛特懷裡，身上濕濕熱熱的，呼吸也有點窒悶，可是他不但不難受，反而還有種飄飄然的感覺。

洛特能夠明顯感覺到，懷中的身體從緊繃漸漸放鬆了下來。其實剛才他也是渾身緊繃，只是伯里斯沒有發現而已。

他不急著脫掉法師的濕襯衫，反而隨意地揉皺它，再把皺著抹平。當他的指腹擦過法師胸前某處時，他察覺到法師明顯地抖了一下。他什麼也沒問，伯里斯這麼害羞，他根本問不出想要的答案。

其實他早就幻想過此時的情景了。有時是看著伯里斯想，有時是看著某本書想，也有時就是一個人偷偷地幻想。現在幻想變成了現實，他打算好好認真地探索一下小法師的身體。

男性的乳頭也會有感覺，洛特早就知道了，很多書裡都解釋過這一點。他故意多摸了摸伯里斯的胸前，伯里斯越想躲，反而越向他懷裡縮。同時，他赤裸的胸膛緊壓在小法師背上，他自己的胸膛和腹部也有一種熱熱麻麻的感覺。

他還發現，伯里斯的肚子軟軟的，腹肌遠沒有他的堅硬。仔細一想，其實他也沒什麼可以自豪的，他的形象生來如此，身材再好也不是靠鍛鍊和汗水換來的，反而是二十歲小法師的身體更加生動有趣。胸腹和手臂的肌肉薄薄的，右手臂比左手臂結實一些，手肘有點粗糙，可能是因為在書桌上工作又不注意保養。小法師的腰有點怕癢，凸出的胯骨本不是什麼性感的部位，卻令他愛不釋手，他忍不住用掌心摩挲了好幾次，然後順著腹部向前，手指跟著滾落的水珠一起向下，探入他早就好奇的地方。

伯里斯突然握住了他的手：「我、我可以自己來……」

洛特在他耳邊嘆氣：「唉，兩個人在一起就是要互相幫助，哪有這時候還要自己來的？」

法師低著頭，脖子上的紅色已經蔓延到了肩背上：「我明白。我只是突然有點，呃，腦子有點混亂。一般來說，單獨生活的人不都是自己來嗎？這種力所能及的事情，讓別人代勞實在太不好意思了……不對，我知道我們在幹嘛，是我說傻話了……」

洛特忍著笑：「你要是特別想說點什麼，就說『不行』或者『住手』都可以。」

「但是……」伯里斯小聲說，「我……我沒覺得不行，只是有點不好意思……」

「我知道，讓你隨便說說而已，我又沒打算真的住手。」洛特又吻了一下法師的脖子，「因為我太喜歡你了，所以想好好摸摸你。你可以亂動，我會抱著你，不讓你滑倒的。」

說著，他的指頭穿過濕漉漉的毛髮，輕輕描繪著那處器官的形狀。他說「不會讓你滑倒」的承諾很有必要，因為隨著他的動作，伯里斯真的有幾次差點滑倒。

「單獨生活的人都是自己來」，其實對這句話，洛特也有著深刻的認識。不僅如此，他還在這方面博覽群書，所以他的技術還挺不錯的。小法師的身體越來越軟，被他把玩著的器官卻漸漸硬挺起來，他想說點什麼來逗逗小法師，剛要開口，他就被自己越發粗重的呼吸聲嚇了一跳，這一分神，他突然忘了剛才想說什麼。

他乾脆低下頭，繼續親吻小法師的脖子。法師靠在他懷裡，緊閉著眼睛，仰著頭，脆弱的頸部完全伸展開，簡直像一隻主動引誘野獸的小動物。

突然，這隻「小動物」驚訝地睜開眼睛。洛特知道是為什麼，他身上某個硬挺的東西抬起了頭，在這個姿勢下，它正好頂在小法師身後，堪堪探進他的雙腿之間。

洛特摟著法師向前走了幾步，用身體把小法師困在牆邊。伯里斯的長褲和襯褲早已掉在腳踝旁，洛特一手仍然摟著他，另一手拂掉了掛在他肩上的濕襯衫。

伯里斯轉了身，終於與洛特面對面了。洛特脫掉衣服的樣子和他想像的差不多。直到此時，他才驚訝地意識到，自己竟然想像過這個。

浴室裡熱氣瀰漫，視野不太清晰，這對伯里斯來說反而更好——他又想看一眼現在的洛特，又不想看得太清楚。

其實看清楚又能怎麼樣呢，伯里斯這輩子見過無數男女的裸體，它們來自各種年齡、各種種族、各種死因，但他從沒見過全裸的活人，除了他自己。

在溫水雨中，兩人的頭髮都貼在臉和脖子上，臉頰和身體也都紅紅的。伯里斯背後是濕漉漉的磁磚牆，他腿間發熱，大腿發軟，越發有點站不穩了。

洛特長呼一口氣，捧起小法師的臉，又接吻了幾次，然後說：「親愛的伯里斯，跟你說一下，我想……」

說後半句話時，他把嘴唇貼在法師的耳朵上，聲音就像呼吸一樣小，世上只有伯里斯一個人能聽見。

伯里斯的臉已經紅得不能再紅，再紅下去就要大腦充血暈過去了。洛特繼續吻他，一邊吻一邊像撫摸小動物一樣摩挲著他的背脊，不知不覺間又從腰窩滑到尾椎附近。

伯里斯深呼吸了好幾次，終於能順利開口說話：「我們別在浴室裡了……」

「可是我們還沒洗完澡呢。」

伯里斯把臉埋在洛特胸前：「我站不穩……」

「去浴池？」

「以後再去……」

「我們會弄濕地毯和床的。」

「沒事，有魔像負責整理……」

伯里斯話音剛落，洛特已經把他一把抱了起來。伯里斯試圖關掉溫水雨，試了兩次竟然都沒成功，他的腦子一團混亂，也不知道是咒語音調錯了，還是手勢錯了。他決定不再嘗試第三次，萬一連錯三次豈不是更尷尬。於是他換了一個更容易的方式：把桶魔像叫進來，讓它關掉溫水裝置並留在浴室待命。

從悶熱的浴室一出來，兩人身上都泛起了雞皮疙瘩。洛特怕人類會在這種情況下感冒，趕緊撲進床帳裡，把伯里斯塞進柔軟的被子下面。

洛特不僅把伯里斯抱了出來，還把自己的腰帶也拿出來了。起初伯里斯不明白為什麼，直到他看見洛特打開腰帶上的小皮釦袋，取出一只貝殼形狀的粉色盒子。

洛特把礙事的濕髮向後攏，然後也鑽進被子裡。察覺到小法師的目光，他解釋說：「這是我在銀隼堡某家商店裡買的，如果你塔裡有更好的，那就用你塔裡的。」

伯里斯的塔裡什麼都有，偏偏沒有這類東西。伯里斯紅著臉問：「我在做魔法戒指的時候，您在買這個東西？」

「對。看來我們都在為將來做準備，不是嗎？」說完，洛特一把將小法師撈進懷裡，「你想看著我，還是背對著我？」

伯里斯愣了一下才明白洛特的意思。洛特揉了揉他的後腰，還故意加重力道催促他。看他半天不回答，於是乾脆自作主張，順著他的胯骨與平坦的小腹滑向兩腿之間。

「等等……」伯里斯想攔住洛特的手，兩人的身體都在被子裡，他只能摸卻看不見，把手伸下去的時候，意外地摸到了另一個火熱的東西。他的手往後縮了縮，洛特卻故意朝他挺起身體。

「怎麼啦？」洛特親了親法師的額頭，「害怕嗎？」

伯里斯搖搖頭：「不是……我是想說，呃……我還是背對您吧……」

「你不想看我嗎？」

「……下次再看。」

這句話讓洛特莫名高興。他側躺在小法師身後，就像剛才在浴室裡一樣，讓法師的脊背貼緊自己的胸膛。

他在被子裡打開貝殼盒子，香膏的味道悶在被窩裡，偶爾隨著動作逸出一點，聞起來反而更加明顯。洛特的手指沿著小法師的尾椎一路向下，鑽進更為隱匿的地方。他在書本裡學過描寫得極為細緻的知識，現在用在小法師身上，他心中有些沒底，有些著急，還有些隱隱的得意。

他在小法師耳邊小聲說話，說的都是書上常見的那種黏黏糊糊的臺詞。說了一會兒之後，他已經重新沾了兩次香膏，起初伯里斯臉上多少有點忍耐的神色，現在他緊皺的眉頭已經鬆開了。

洛特不禁覺得，伯里斯大概沒聽清楚剛才那些情話，如果他聽清楚了，他肯定會更加害羞，可能還會叫他別說了。畢竟那些話確實非常肉麻，洛特自己都有點不好意思大聲說。

他稍稍撐起上身，盯著伯里斯的臉。小法師瞇著眼睛，掛著細小水珠的睫毛撲簌簌亂動，在不停喘息的時候，鼻子裡偶爾會哼出撒嬌一樣的聲音，讓人聽得心口又酸又癢。

「小法師，」他俯身吻了一下伯里斯的耳後，「我不知道你行不行，但我有點等不了了……」

法師輕輕疑惑地「嗯」了一聲，好像還沒反應過來。洛特抱緊他，另一手回到兩人身下，他更加急迫，心裡也更加沒底：伯里斯看起來不難受，應該還行，但他沒有喊疼，也沒有不讓我碰那個地方，這和書裡的情節不太一樣，所以現在的情況到底正不正常？

他把一隻手留在法師腿間，那個硬了好久部位也悄悄蹭了過來。伯里斯明顯僵了一下，然後稍微動了動腿，在側躺的姿態下，把在上面的腿又移開了一點點。洛特沒有放過這個暗示，還因此激動得差點咬到嘴唇，他一邊不斷親吻法師的後頸，一邊移動下身，找到合適的角度，試著把自己擠進剛才試探過的地方。

剛才他試探得還不夠久。剛進去一小段，他就立刻意識到了這一點。法師沒有像書中寫的那樣大叫什麼的，反而像突然哽住一樣，屏住呼吸好幾秒才緩過來。

洛特有點擔心：「要不然我先出來……」

「別動……」法師的聲音彷彿帶了一點哭腔，這下洛特心裡更沒底了。他把被子裡的手移到法師身前，安撫地輕揉那個半硬的器官，希望這能分散法師的注意力，讓他適應得更快一點。

他問伯里斯是否還好，伯里斯就「嗯」一聲回答；他問是不是很痛，伯里斯還是說「嗯」；他又問能不能繼續，小法師給他的回答還是「嗯」。看來小法師還是什麼都沒聽清楚，洛特只好自己判斷了。

他一邊照顧法師身前的器官，一邊試著讓自己再深入幾分。他手上的動作精準但緩慢，下身也用同樣的節奏，每次他頂入一點，小法師就會低低哼一聲，這和書上寫的不同，但洛特覺得這聲音比他想像中的更撩人。

小法師好像終於有餘力說話了。他平復了幾下呼吸，帶著鼻音說：「我沒事，您……」

後半句洛特沒聽清楚：「嗯？你想讓我做什麼？」

「能不能……」法師側頭，把臉埋在枕頭裡，「抱得再緊一些……」

能，當然能！

洛特一手穿過伯里斯頸邊，讓他枕在自己的手臂上，另一手托著法師的腰腹，按在突出的胯骨上。他幾乎用身體包覆著比自己瘦弱的法師，並且再也沒辦法維持緩慢的節奏了。

他用力頂了進去，兩人都渾身緊繃起來。他這一動有些突然，那個地方又緊得要命，他粗粗喘了幾口氣，額頭冒出的汗和臉上未乾的水混在一起。

他拚命親吻伯里斯的脖子，撫摸他發抖的身體，他知道小法師肯定不太好受。過了一會兒，他試著動了動，法師有點哽咽，但沒有發出太大的聲音。本來洛特只是打算試試能不能繼續，但這一動就再也停不下來了，他早就忍受不了，而小法師的鼻音又那麼好聽。他退後一些，又重重地插入，一次比一次深入，一次比一次快速，香膏的味道從抖動的被子中不斷溢出，四柱木床開始吱呀作響，法師的輕哼也逐漸變成了破碎的低吟。

原本伯里斯把一隻手伸到雙腿間，和洛特的手幾乎緊靠在一起。可是隨著陌生的衝擊越發強烈，他的手反而從性器上鬆開，轉而抓緊了床單。洛特察覺到這一點，主動承擔起撫慰他的工作，他手上的動作也越來越激烈，與自己下身的節奏互相配合。

漸漸地，現在的姿勢有些礙手礙腳。他稍稍退出一些，攬起法師的腰，伏在法師身上，重新深入進去。這次他一下頂得太深，伯里斯嗚咽了一聲，洛特趕緊安撫地親吻法師的後背，但下身的動作卻沒有因此停下。

洛特心裡輕飄飄的，思緒有點不能集中。他老是覺得有什麼地方不夠盡善盡美，但此時又顧不了太多。過了一會兒，他感覺到伯里斯的呼吸越來越快，喘得越來越重，他的胸膛貼著法師的後背，胸前幾乎都能感覺到法師的心跳了。他有點慌張，以為是伯里斯哪裡不舒服，這時，他手掌中的器官一陣痙攣，隨著他的套弄，一些黏膩的東西沾上了他的手指。

他頓時明白是怎麼回事了。與此同時，他的性器也被包覆得更緊，差點讓他一失神泄了氣。借此機會，他把自己抽出來一大段，冷靜一會後，又重新沒入，比之前更重、更狠地抽動。在這個過程中，小法師的身體和雙腿間的東西抖得一樣厲害，如果不是被洛特抱著，大概會趴在床上無法起來。他射出的東西大多數都在洛特的手上，而洛特一邊繼續動作，一邊借著愛撫，把這些東西都塗抹在了法師的小腹和胸前。

伯里斯本來就不太出聲，現在輕哼聲也越來越軟。洛特把他抱緊，吮吸著他頸椎上的突起，下身埋進更深的地方，小幅度地重重頂弄。好一陣子後，洛特只覺得腦子一陣空白，在醺醺然之中，他也把自己的東西全都留在了法師體內。

這時是凌晨。

原本洛特有個夢想，他希望能在做過一次後抱著小法師，深情地說一些露骨下流的話。此時說那些話最適合不過，法師被脫了個精光，無處躲藏，也沒有力氣走開。

但他的夢想暫時沒有實現。

他們一起躺在床上，親密滿足地緊貼在一起，然後不知不覺就睡著了。

天光微亮時，洛特醒了。他想起一本書裡說的內容，親熱後不要立刻睡著，要和愛人互相親昵片刻。他曾經想，人要是連做愛後醒著都做不到，那身體也太差了吧？這件事肯定不會發生在他身上，憑著他身為半神的體能，一天多來個幾次也不是不可以，就算愛人昏過去了他也能繼續做很久。雖然他並不捨得讓心愛的小法師昏過去。

結果今天發生的事情震驚了他。他和伯里斯兩個人都是一做完就倒頭睡著了。

伯里斯睡著並不奇怪，他不僅是個人類，還是個文弱的小法師。洛特震驚的，是自己竟然也不知不覺就睡著了。

他並不累，現在中途醒來也不覺得疲憊。他仔細品味了一會兒，總結出了結論：

這種疲憊好像是源於心理，就像是大事已成、夙願得償，在慶功宴上肆意暢飲，在鮮花和糕點的甜美氣味中幸福沉睡。

他側頭看了看伯里斯。伯里斯枕在他的手臂上，縮在他懷裡，有種又乖巧又脆弱的感覺，和六十幾年前一模一樣。

昨夜進入房間後，伯里斯把清泉水晶窗的透光度調得很高，他知道洛特喜歡這扇窗戶，大概是想讓窗戶更透明一些，方便洛特看星星月亮。現在天色越來越亮，床帳也敞開著，陽光斜斜穿過巨大的水晶窗，正好照在床頭附近。洛特不會調整透光度，伯里斯枕著他的手臂，他也沒辦法起身拉上床帳。

陽光照得他睡不著，他乾脆躺在原處胡思亂想，比如：小法師不愛出聲正不正常？下次該如何開始？今天晚上應該不行吧？冬青村的集市是哪一天？貝殼盒子掉到哪裡去了？伯里斯的床頂上怎麼什麼也沒畫？閉上眼睛為什麼還是覺得很亮？內務魔像煮飯需要隔熱手套嗎？等伯里斯醒來應該說些什麼？

他翻過身，背對陽光，想著想著又睡著了。

太陽剛剛升起，塔裡安安靜靜的，法師均勻的呼吸聲響在耳畔，接下來一整天也沒有什麼事要做，氣氛太過安逸，不睡回籠覺還能幹什麼？

天光大亮之後，內務魔像紛紛開始工作，塔內傳來各種輕微的響動。

接近中午的時候，伯里斯醒了。剛睜開眼睛時他還不太清醒，彷彿暫時忘記了昨天發生的事，察覺耳邊傳來呼吸聲，忍不住被嚇了一跳。

定睛一看，洛特側躺在他身邊，一隻手臂還搭在他胸前。聽說胸前有重物會導致人做惡夢，伯里斯奇怪地想：為什麼我完全沒有做惡夢？難道半神的手臂和人類不同嗎？

伯里斯一手撐著床，小心翼翼地坐了起來。他不想把洛特吵醒，洛特醒來後肯定要說一些肉麻的話，現在他實在受不了這個。

在起身的過程中，腰部、大腿和某個地方傳來的酸痛讓他頓時面紅耳赤。他平靜了一會兒，轉頭望向清泉水晶窗，陽光照在他的臉上，他把手按在心臟的位置，表情虔誠地緩緩閉上眼睛——

奧法在上，我，伯里斯．格爾肖，很快就要八十五歲了。我這一生忙忙碌碌，也算小有成就，如今我有自己的土地，自己的高塔，也實踐了年輕時的諾言，還第一次與人建立了極為親密的聯繫。昨天，我參與了如此驚人、如此激烈、如此放縱之事，這是只有年輕人才能完成的壯舉！所以，從今天起，我就再也不是老頭子了，我與真正的二十歲青年並無區別！

接著，他又反省了一下自己：我還是太愛面子、太放不開了，昨天我甚至沒怎麼看過洛特。

現在洛特安安靜靜地睡著，他忽然有勇氣盯著洛特看了。睡在他身邊的人哪裡像半神，哪裡像什麼「骸骨大君」，他看起來就是一個英俊的黑髮年輕人而已。這時伯里斯又想到，骸骨大君有兩個形態，人類形態是後來才有的，他原本應該是長著惡魔角、渾身覆蓋黑色鱗片的模樣。

伯里斯不止一次見過洛特的原始形態，如果昨天洛特用那副模樣和他……想到這裡，伯里斯用力捏了一下眉心，力道大得留下了兩塊紅印。他強行打斷自己的想像，心跳得越來越快，一大早就這樣實在太糟糕了。

優秀的法師都有一個特徵：能夠在驚慌之後快速找回冷靜與專注。伯里斯尤其擅長這一點。他又一次冷靜下來，開始回憶昨晚的每個步驟。

一開始他力求進行客觀的分析，但漸漸地，思緒就變成了胡思亂想，比如：我總是背對洛特，他會不會有點難過？他會不會認為我不情願？那下次應該怎麼辦？不對，近期不能有下次。我是不是應該再看點書？昨天那樣的感覺正常嗎？還有那個和那個……還有……對了，粉色的貝殼盒子掉到哪裡去了？它應該不是普通的香膏，估計不便宜，裡面有不止一種珍貴藥材的味道，對放鬆身體確實有很大幫助，我應該詳細分析一下成分。

伯里斯看了看四周，沒有看到貝殼盒子。他無聲地施法，讓被子平緩地飄浮起來，果然，貝殼盒子就在他腳下不遠處。他讓被子維持懸浮，又隔空抓起盒子。

做這動作時，他的視線跟著貝殼盒子移動，一不小心就看到了被子下面洛特的全身。別的還好，主要是沉睡在腿間的事物太引人矚目了。

他手一抖，差點把飄浮的被子又掉了下去，他越是想移開目光，就越是忍不住多看兩眼。

看到那東西的同時，他也清晰地回憶起昨夜的種種細節。這讓他更加堅定「分析貝殼盒子內香膏成分」的想法，他認為，自己能與那麼驚人的物體進行深入接觸並倖存下來，其中肯定有不少是香膏的功勞。

拿到貝殼盒子後，伯里斯讓被子浮在低處，自己緩慢移動著從另一側下床，然後才讓被子完全落了回去。趁著洛特沒醒，他想先去洗個澡，這次他必須一個人洗，不能讓洛特跟進來。

雙腳踩在地毯上，身體的各種疲憊酸痛就更加明顯了。伯里斯把這與年輕時野外冒險的經驗比較了一下，並得出結論：野外冒險時的疲憊感比較強烈，更摧殘人的肉體，而現在這種疲憊其實不算嚴重，但帶給人的精神壓力更大。

泡在熱水裡的時候，他決定好好整理一下思緒，想想等洛特醒來該怎麼進行交談。

內務魔像送來熱茶和午餐的時候，洛特再次醒了。

他坐了起來，伸展了一下上半身，看到伯里斯坐在水晶窗下的一堆墊子裡，已經穿好了居家長袍，束起頭髮，正背對著他看書。

洛特翻身下床，喝了一口水果茶，也走到水晶窗下。伯里斯瞟了他一眼就立刻移開目光：「大人，為您準備的衣服就在床邊。」

「等一會兒再穿，反正又不冷。」洛特笑嘻嘻地坐在伯里斯對面。

伯里斯低著頭，似乎在專心看書，但他已經好久沒有翻下一頁了。起初洛特盤腿而坐，姿勢十分奔放，後來即使伯里斯沒有盯著他，他還是不動聲色地拉了一條薄毯圍在腰間。

洛特打量著小法師，轉了轉左手無名指上的附魔戒指：「伯里斯，其實天剛亮的時候我醒過一次。」

「哦。」伯里斯抬起頭，對他僵硬地笑了一下，又迅速低頭看書。

「那時，我想了很多事，也有很多事想問你。」

「您問吧……」伯里斯背上汗毛直豎，做好了迎接各種羞恥問題的準備。

「我選一個最好奇的問吧，」洛特探身向前，「不歸山脈為什麼叫不歸山脈啊？」

伯里斯終於抬起頭，呆呆地問：「您怎麼突然想問這個？」

「你看外面。」洛特敲了敲水晶窗。從高塔上俯瞰山林，由於不同樹木生長在不同高度，樹葉的顏色遠看形成了微妙的漸層，讓不歸山脈像一張色彩斑斕的地毯。

「這個地方真好看，」洛特說，「一點也沒有陰森恐怖的氣氛。」

伯里斯笑道：「您是不是以為『不歸山脈』的意思是『敢來就讓你一去不回』什麼的？」

「不是嗎？」

「不是。其實『不歸山脈』的名字不是我取的，我獲得這片土地之前，遠處城鎮的居民就已經這樣稱呼它了。人們說，這片山林太過美麗，就像有誘惑的魔法一般，讓人走進來後就被迷得不想回家。」

「原來如此。」洛特眺望著遠處，輕輕點頭，「和你一起住在這裡，真不錯。」

「是啊，」法師看了洛特一眼，又飛快收回目光，「反正，您喜歡就好。」

洛特面帶笑意望著窗外，彷彿沉迷於美景；伯里斯低頭看著書，也偷偷地微笑起來。

——〈浴室那晚〉完

致施法者伯里斯閣下及家屬

To Burris the Spellcaster and His Family Dependent

Extra Chapter

年輕人的約會

致施法者伯里斯閣下及家屬

春分的前後三天，是冬青村會舉辦狂歡慶典的日子。自從住在法師塔裡，洛特一次也沒有錯過慶典，今年一樣也是滿載而歸。

伯里斯在書房裡聽到塔內浮碟移動的聲音，知道是洛特回來了。他可以猜到，塔裡大概又會多出一大堆閃瞎眼睛而且沒有用處的東西。

洛特喜氣洋洋地走進書房，把在狂歡慶典上的購物成果展示在伯里斯面前。

兩個紙袋裡裝著衣物，依然是鮮豔的布料和閃亮的裝飾，洛特在審美問題上從不改變立場；草編的籃子裡是一筐草莓，有不少莓果在路上已經被壓擠成了果醬；腰包裡抖落出幾條項鍊、手鍊之類的小東西，都是便宜的材料，不僅閃亮亮的，而且還成雙成對。除此之外，洛特腰帶上還別著兩枝羽毛筆，都是經過人工染色，一枝是亮粉到草綠色的漸層，一枝是橙色上遍布黑色心形圖案，筆身羽毛過長，羽尾還延伸出黏合上去的長翎，這筆只能當作裝飾品，根本沒辦法拿來寫字。

看著這些東西，伯里斯一點都不驚訝。記得當初洛特剛回到這個世界時，出門做的第一件事就是買了一堆既不好看也沒用處的東西，那時候伯里斯還會痛心疾首，現在他已經習慣了。

洛特拿出一對手鍊，自己戴上一個，又走過來要幫伯里斯戴上。手鍊由細皮繩編成，皮繩染成亮藍色，上面串了數不清的彩色珠子，還綴著一堆金色亮片。伯里斯每看它一眼就有種心律不齊的感覺，更別說要戴著它了。

「大人，我真的不能戴這個。」伯里斯為難地說，「您看，除了必要的魔法物品外，我日常是不佩戴任何飾品的，它們會影響我做實驗。」

洛特一拍腦袋：「啊，對啊，我怎麼忘了這一點。應該買別的東西給你，是我失算了。」

不過伯里斯還是接過手鍊，當著洛特的面，轉身將它掛在書房的窗簾釦環上。「不如這樣吧，我把它掛在這裡當裝飾，每天我在書房做事的時候，它都能陪著我，和我親自佩戴也差不多。」

聽到伯里斯這麼說，洛特臉上瞬間洋溢出幸福的微笑。他的小法師真可愛，從來不會讓他失望。

不過對伯里斯而言，把手鍊掛在窗簾上卻是出於更加實用的目的：坐在書桌前，他是背對窗簾的，這樣他就不用天天看著這個刺痛眼睛的東西了。

洛特在書桌前左走幾步、右走幾步，伯里斯迷惑地看著他，不知道他要幹什麼。

洛特乾脆伸出手說：「剛才你說完話，我應該衝過去抱住你，以此表達我洶湧的感動。但是你坐在書桌後面，這個動作無法完成啊。你怎麼還坐在那裡？快出來讓我抱抱。」

伯里斯低頭噗地笑了一聲，依言走出書桌，順利地被洛特攬進懷裡。

洛特一會兒揉揉他的背，一會兒摸摸他的頭髮，還把臉埋在他的脖子上。伯里斯小聲嘟囔著：「您只是去外面玩了幾天，又不是一場大戰久別重逢什麼的，幹嘛這麼激動啊。」

洛特維持著擁抱，故意用有點小委屈的聲音說：「誰讓你不肯和我一起去？冬青村的狂歡慶典真的很熱鬧。」

伯里斯在不歸山脈住了這麼多年，眼睜睜看著冬青村從貧窮的小村落變成現在這樣，他當然很熟悉狂歡慶典。他感慨地說：「我參加過慶典。記得第一屆是在我六十幾歲的時候，那時候我還挺喜歡熱鬧的。後來年紀越來越大，我就不喜歡太喧鬧的地方了。」

聽著伯里斯老氣橫秋的發言，洛特不由得嘆氣。他懷裡抱著一個只有二十幾歲的年輕小法師，但這個小法師本質上卻是一個八十幾歲，甚至將近九十歲的老頭子。

從伯里斯被變年輕到現在，大概也有兩三年了，他已經習慣了年輕的身體，但氣質上仍然更像老年人。

「大人，輕點……」突然，懷裡的小法師掙扎了一下。

這句話讓洛特心頭一顫。他以前也聽過類似的話，通常出現在他們進行更加私密的行為的時候。現在猛然聽到這句話，他的腦子裡瞬間浮現出過去的那些畫面，歷歷在目、栩栩如生、回味無窮。

不過，現在他什麼也沒做啊？而且他特別注意不要抱得太緊弄疼小法師，到底是什麼事情需要「輕點」？

伯里斯補充說：「您不要這樣用力地拉著我的頭髮。」

說著，他扭了扭頭，掙脫開洛特撫摸他頭髮的手。

洛特慢慢放開懷抱，伯里斯也稍稍退開，還摸了一下自己的髮際線。

曾經，伯里斯步入中年後嚴重脫髮，七八十歲的時候已經基本沒有什麼頭髮了。現在的他雖然有著一頭亞麻色的柔軟長髮，但他怎麼也擺脫不了脫髮的憂患意識。

洛特無奈地看著他：「沒事的。你的頭髮還很多，距離禿頭還很早呢。你上一次年老的過程比較疲勞，要處理各種麻煩的事情，所以才會脫髮。但現在不一樣了，你生活平穩，又這麼年輕，只要好好生活、好好保養，絕對沒事的。」

伯里斯依然表情憂傷：「我的髮際線本來就偏高……」

洛特說：「都變成年輕人好幾年了，你氣質還是像老頭一樣。雖然老頭也挺可愛的，但我還是希望你有活力一點。」

伯里斯笑了笑：「我還是等明天再試著有活力吧，今天我想徹底當一個老頭。」

說著，他抱起幾本書，緩步走出書房，而洛特跟在他身邊。

今天下午，伯里斯要使用變形法術，把自己暫時變回八十幾歲的面容。

他要參與一場奧法聯合會高層的內部小會議，會議地點在五塔半島的教院裡，但由於伯里斯「年事已高」，不能舟車勞頓，也難以承受傳送法術對身體造成的負擔，所以他不會親自到場，改為在塔內使用投影水晶遠程參與。

伯里斯特意準備了一個比較渾濁的古老水晶，在畫質不清晰的情況下，法師們無法識別他身上的變形法術。

伯里斯在高塔一樓大廳裡準備水晶，洛特便去整理買回來的一大堆東西。如今他對高塔十分熟悉，想去哪裡都不再需要伯里斯指引。

等洛特忙完回來，只見大廳長桌盡頭飄著一團柔柔的光，光芒中心是浮空的傳訊水晶。在水晶旁邊，坐著一個脊背佝僂、身形消瘦、膚色沉暗、滿臉皺褶、眼皮下垂的禿頂老人。

老人咧開嘴，露出目前不可見的牙齒，對洛特笑了笑。

洛特能想像出這個笑容在伯里斯平時的臉上會是什麼樣子。平時他看習慣了小法師的臉，即使現在看著老頭，他也覺得十分可愛。

法師們的會議開始後，洛特就不再出聲了。他坐在一旁，手裡拿著書，全程都沒看過幾眼，他基本都在看著伯里斯。

伯里斯慢條斯理地說話，時而露出慈祥的微笑，時而半闔著眼睛微微點頭，聽到不認可的內容時，他擰著眉頭，抿抿嘴，清清喉嚨，再開口把建議徐徐道出。

看著「老法師」的每一個表情，洛特都能在腦內把它轉換成「小法師」的神態。

伯里斯沒有故意「扮演」老年的自己，根本不需要扮演，因為他平時說話就是這個樣子，只是外表的年齡不同罷了。

洛特眼中漸漸浮現出一絲沉痛。唉，青春與頭髮都是好東西，伯里斯怎麼就不能放開享受一下呢。

直到伯里斯的遠端會議結束時，洛特還是一副若有所思的樣子。

伯里斯整理好水晶，走近洛特身邊，問他在想什麼。洛特在桌上托著下巴說：「我剛才聽到你說了一句『今天徹底當一個老頭，明天再開始有活力』，是嗎？」

伯里斯從問句裡聽出一股陰謀的味道，誰知道洛特又在構思什麼奇奇怪怪的事情。即使心存疑惑，伯里斯還是順著他說了下去：「是啊，明天再說吧。」

洛特問：「你知道再過幾天是什麼日子嗎？」

「您的生日。」伯里斯回答。

看到伯里斯記得這麼清楚，洛特十分開心。骸骨大君本來沒有什麼生日，但洛特覺得過生日是一件好事，每個人都應該擁有，於是他把繼承並離開黑湖的那天定為了自己的生日。

「不僅僅是我的生日，還是另一個很重要的日子。」洛特說。

伯里斯想了想：「奧傑塔徹底變色的日子？」

「不是。我們紀念那個幹嘛啊，你不知道嗎？是飛鼠鎮的季末大集市啊。」

洛特一臉期待，眼神中寫滿了明示。伯里斯聽到「飛鼠鎮季末大集市」這幾個字，眉頭立刻微皺了起來。

飛鼠鎮在薩戈邊境，由於近幾十年有新開的商路經過，小鎮變得越來越熱鬧，規模也越來越大。雖然叫做「鎮」，其實規模也接近一座小城市了。在過去不太繁華的時候，飛鼠鎮每個月有一次集市，每個季度有一次大集市，現在它早已不比從前，每天都要接待不少客商，但定期集市的習俗卻保留了下來。

如今的飛鼠鎮大集市更像是小節日，本地人拿一些小東西騙騙遊客，再邀請一些知名的吟遊詩人和舞姬，甚至是舞臺劇團或馬戲團，熱熱鬧鬧舉辦一天一夜，成為了薩戈南部的一項傳統。

伯里斯不喜歡這種人擠人的活動，光是聽了就十分煩惱。但洛特一臉期待，還拿出了「生日」這樣的藉口，顯然他不僅打算一個人去，非要帶上伯里斯才行。

伯里斯試探著問：「您是想去飛鼠鎮玩，順便過生日嗎？」

「是。」洛特說。顯而易見，慶祝生日當然不能只有一個人，當然需要有人陪伴。

伯里斯瞬間作出行程安排：「那白天您就隨便逛逛，晚上我們在飛鼠鎮的『鴿子窩酒館』見面。相比其他店家，那裡還不錯。薩戈人過生日一定要喝雞蛋蜂蜜酒，他們家的酒和小吃都很棒。」

洛特敏銳地發現了這個行程的漏洞：「白天我去逛，然後再會合？難道你不來嗎？我一個人逛集市？」

伯里斯面露難色。現在他還維持著老人的面孔，這張臉看起來簡直難上加難。洛特沒有繼續逼問，而是長嘆了一口氣，向後靠在椅背上，抱臂低頭，一副陷入沉思的樣子。

伯里斯等了好久洛特都不說話，於是他抬起鬆弛的眼皮，偷偷看了他一眼，從他臉上看出了明顯的糾結和低落。

伯里斯想到，骸骨大君在亡者之沼承受了太多孤寂，如今他好不容易回到這個世界，當然會喜歡熱熱鬧鬧的地方。伯里斯不喜歡喧鬧，但更不喜歡看到洛特失望。

「我也可以一起去。」於是，伯里斯主動改口。

洛特的眼睛立刻亮起來了：「就應該這樣。正好你也說了要學著有活力一點，我看就從這一天開始吧。別老是躲在屋子裡，應該去做一點年輕人該做的事情。」

伯里斯問：「那年輕人該做什麼？」

洛特剛想回答，又有點不確定答案。他本來想說：就是出去多逛逛集市，沒事打獵騎馬什麼的。但他忽然意識到，自己也不算是年輕人，甚至嚴格來說，他的歲數比伯里斯還大。

其實伯里斯只是隨口一問，根本不是正式的提問，洛特隨便說點什麼都行，反正他的目的只是拉著伯里斯出去玩而已。但洛特是特別在乎儀式感的類型，伯里斯問他「年輕人該做什麼」，他就真的想找到準確的答案，並且把答案應用在「生日」那天。

致施法者伯里斯閣下及家屬

於是洛特回答說：「現在的年輕人喜歡做的事很多，一兩句根本說不完。我好好想想，這幾天寫一寫計畫，到時候帶你好好體驗。」

說完，他站起身，離開前走到伯里斯面前，自然而然地彎腰準備親上去。

伯里斯一手攔住他：「我還沒變回去。等一會兒我還要聯絡別人，暫時不能變回去。」

「沒關係，」洛特輕鬆地拉開他的手，「我又不是第一次親吻你這張臉，只要是你，對我來說都很可愛。」

說完，他親了親老法師光滑的頭頂，又在乾燥的嘴唇上親了一下。他欣賞了一會兒伯里斯害羞不敢睜開眼睛的樣子，然後哼著歌高高興興地去廚房找吃的了。

當天晚上，洛特向伯里斯要了一枚傳訊水晶。

他說有點想念奧吉麗婭、席格費以及奧傑塔，想和他們說說話。這很正常，洛特也不是第一次和那三個造物遠端通話。於是伯里斯找了一枚清澈的新水晶，把啟用方式設定成最簡便的模式，交給洛特。

夜裡，洛特抱著水晶回到自己的房間。由於兩人作息時間不完全一樣，伯里斯和洛特仍然住在塔內的不同房間。這樣也很舒服，而且並不影響兩人的親密關係。

因為需要雙方都有通訊水晶才能進行通話。洛特要先傳一枚羽符給對方，通知對方做好準備。他先聯繫了奧傑塔，畢竟奧傑塔的力量是「奇蹟」，先聯繫他，他就能幫洛特聯繫到其他所有人。

如今奧傑塔仍然居住在北星之城，暗中看管著那個一敗塗地的死靈法師。他假冒成術士，憑藉著漂亮的臉蛋和優雅的談吐，和那群奧塔羅特的神殿騎士相處挺好的。

奧傑塔接到聯絡，立刻準備好自己的水晶。他的水晶很小，只需要單手捧住。手心裡的水晶從透徹變得渾濁，光斑交織，最後浮現出洛特斜倚在床頭看小說的模樣。

「我有事問你，」洛特開門見山，「你知道現在的年輕人都喜歡做什麼嗎？」

奧傑塔被問得一愣，表示自己並不知道。

洛特說：「你可是世間絕無僅有的奇蹟啊，你還化身銀龍輔佐過好幾代薩戈君主呢。身為既美麗又聰明的謀臣，你怎麼連這都不知道？」

奧傑塔是洛特最後一個造物，也是和他最沒大沒小的一個：「沒有任何一代薩戈君王問過我這麼無聊的問題。」

「那你現在趕快想。」

「要讓我說的話……」奧傑塔用雪白的手指梳理著自己烏黑的長髮，「年輕的人類應該會好好打扮，把自己裝扮得漂亮一點。趁著年輕時多多努力，成為這個世上最美的人。」

洛特嘆著氣闔上手裡的書：「算了。你幫我找一下奧吉麗婭和席格費，讓他們輪流聯繫我。」

結束了與奧傑塔的通話後，洛特仔細思考了一下，覺得奧傑塔說的也有點道理。普通人雖然沒有奧傑塔這麼自戀，但肯定還是喜愛打扮的。

像伯里斯那樣就不行，過於樸素，過於不在乎裝扮了。一張二十出頭的白皙小臉，眉眼清秀俊朗，卻整天穿著和從前一樣的法袍，也不準備新的衣服。問他為什麼，他說舊的衣服更好穿、更舒服——完全標準的老年人思維和語氣。

當晚第二個和洛特聯絡的是席格費。席格費手裡沒有傳訊水晶，沒辦法遠端對話，好在他就在冬青村附近，於是他化為獅鷲，連夜飛了回來。

他懸停在高塔外面，聽洛特問他「現在的年輕人喜歡做什麼」的問題。

席格費對這個問題是真的不瞭解，但他還是認真回憶了一下自己的各種遊歷所見，對洛特講了一些印象深刻的事情。他遇到的年輕冒險者喜歡探索古代墓葬，還有的人喜歡打賭，輸的人要去冬泳，有些年輕術士剛剛瞭解自身的力量，喜歡比賽誰放的火能更快地把木頭燒成灰燼。

這個孩子雖然態度認真，但回答的內容毫無參考價值。洛特讓席格費不用浪費腦子了，回去做點自己的事情吧。

洛特寄希望於自己的第一個造物，奧吉麗婭。奧吉麗婭最接近人類，而且一直喜歡和精靈法師黑松一起玩，她應該懂的比較多。

第二天上午，奧吉麗婭開啟傳訊水晶，主動聯絡洛特。水晶畫面清晰之後，洛特不僅看到了奧吉麗婭，還看到坐在她身後的黑松。

黑松保持著金髮，沒有重新紋身，臉上的粉依然很厚，也依然畫著濃重的黑眼圈。洛特總覺得他把奧吉麗婭帶壞了，現在奧吉麗婭的眼皮上也抹著黑紫色帶偏光的粉末。

面對洛特的問題，這兩人的回答如下。

奧吉麗婭表示：「嚴格來說，我其實一點也不年輕。黑松的答案比較有參考價值，因為他是那種比較傻、比較快樂的類型。」

黑松表示：「年輕的人類和精靈其實差不多，一般都喜歡出去玩，買點喜歡的東西。重點不是花錢，而是要有儀式感，比如某些地方的某道菜特別有名，那麼哪怕路途遙遠也要去嘗試，享受的其實不是食物，而是這段經歷。還有還有，小情侶們吃飯也不好好吃，喜歡互相餵食，這個連我都覺得有點害羞……」

果然問黑松和奧吉麗婭是對的，他們的回答有一定的參考價值。

但洛特仍然需要更多建議。於是，接下來的幾天內，他還陸續聯絡了很多人。簡單寒暄後，問他們的問題都差不多。

銀隼堡的塔琳娜說：「我們最近流行玩『一晝半夜』。就是一群朋友抽紙牌，抽到花色相同的兩人就要約會，無論你們是不是已經有戀人了，也無論各自是什麼性別。

如果實在玩不起，那就徹底退出，退出一次就永遠不許參加。約會時限是一整個白天，再加上傍晚到午夜。這期間，兩人要像戀人一樣相處，要手牽手、形影不離，一起做各種戀人才會做的事情。」說著，她有點臉紅，壓低聲音繼續說，「當然啦，如果要做羞羞的事情，還是要雙方同意才行，因為戀人也不會勉強對方的呀。」

塔琳娜是在花園裡捧著水晶說話的。這時她飛快地看了一眼身後的拱門，小聲說二哥夏爾來了，不能讓哥哥知道她在玩「一晝半夜」。夏爾的身影出現在走廊之後，塔琳娜隨便聊了幾句術士魔法之類的事情，就切斷了通話。

洛特很滿意。這個姑娘年紀雖小，給出的資訊卻非常有用。其實「假裝戀人」沒什麼意義，他和伯里斯都交換過戒指了，沒必要假裝。但「一晝半夜」的浪漫氣息很有參考價值，可以學一學。

最後一個接受傳訊水晶訪問的是艾絲緹公主。艾絲緹說：「說來慚愧，其實我不太清楚現在大多數年輕人都在做些什麼。」

洛特說：「妳自己也是年輕人。除了出席正式場合，平時妳還會做些什麼？」

公主說：「視察西部山脈，查閱真理塔的魔法耗材清單，研究自發尋敵構裝體……」

「好吧，不愧是伯里斯的學徒。」

公主是個認真的人，她思考了一下，又說：「我沒有什麼可以分享的個人經驗，但是可以說說那些王都的貴族女孩。我很少參與，可能不太準確，僅當做參考吧。我看她們喜歡放風箏，還有騎馬郊遊之類的，總之就是和紳士們一起參加戶外活動，但不能太艱苦。哦，她們還喜歡看舞臺劇，有的人會長期捐贈劇團，就為了讓他們依照自己喜好來編排劇本，甚至把自己喜歡的浪漫小說推薦給劇團，讓他們排演出來。」

公主提供的想法也不錯，洛特非常滿意。

就這樣，他綜合了來自很多人的靈感，在心中大概制定出了關於飛鼠鎮大集市的計畫。

其實，洛特的「假生日」和飛鼠鎮大集市並不是同一天。大集市在每個季度的日子都不一樣，這次恰好離得近而已。洛特把假生日往後延了一天半，安排到大集市那天再慶祝。

洛特採納了「一晝半夜」的部分玩法。他對伯里斯提出，從今天清晨一直到第二天都是慶祝日，他要伯里斯努力忘記自己是耄耋老人，要像一個二十幾歲的年輕人一樣快快樂樂地與他約會。他也知道伯里斯喜歡安靜，所以熱鬧的約會是有時限的。

伯里斯痛快地答應了。雖然他不太喜歡喧鬧，但配合洛特開開心心逛一天也挺好的，這並不困難。

洛特還想過把公主說的「騎馬郊遊」也融合進來。但考慮到伯里斯並不會騎馬，而飛鼠鎮比冬青村遠很多，兩人共騎實在有點欺負馬，所以洛特放棄了這個項目，改為使用伯里斯預置好的傳送法陣。

當天上午出發之前，伯里斯換了一身更適合外出的學徒法袍，洛特也難得地穿得比較正常，沒有選擇特別華麗鮮豔、傷害眼睛的衣服。據他自己的說法，是因為大集市上擁擠嘈雜，他不想穿最喜歡的衣服去。

兩人先走出高塔，從只有伯里斯能找到的森林小徑走入傳送法陣所在的區域。攜手站在法陣上後，只需幾下眨眼的時間，他們就已經身在飛鼠鎮的某間旅舍內了。

洛特左右看看，這是一個又黑又破、落滿灰塵的小房間。他問伯里斯為什麼要來到這裡，伯里斯說：「這間屋子我全年租用，不住人，只是當做傳送的落腳點。我們總不能在大街小巷上突然出現吧。」

洛特了然地點點頭，拉著伯里斯就要出門。伯里斯收了一下手，沒能收回來，洛特牢牢抓住他，並不打算放開。

「老頭子，別忘了你現在是年輕人。」洛特抓著他的手抬到嘴邊，輕吻了一下。

伯里斯難為情地扭開頭：「在不歸山脈無所謂，但是在外面……」

洛特說：「出來約會，當然要牽著手啦。小法師啊小法師，我們都睡在一起好多次了，為什麼牽個手還會不好意思？我甚至都摸過你的……」

伯里斯飛快地抬起另一隻手捂住洛特的嘴。其實屋裡也沒有別人，這只是他下意識的反應。

洛特感覺到，伯里斯被握著的手放鬆下來，大概是默許了牽手的行為。於是他移動手指，變成與伯里斯十指交扣的姿勢，拉著小法師出門了。

小旅舍位置有些偏僻，不是大集市最熱鬧的地段。洛特來過飛鼠鎮很多次，早就記住了街道位置，便立刻帶著伯里斯去尋找他的第一個目標。

大集市上不僅有本地商鋪，外地特意趕來的遊商更多。今天大集市上有個賣烤捲餅的遊商攤鋪，攤主是一對父子，據說是從珊德尼亞王國海港城來的。洛特早就聽說海港城有幾種出名的小吃，只是一直沒空去那邊玩，看到這樣的攤位，他激動地買了好幾樣小吃，都足夠當兩個人的午餐了。

最後他們根本沒有把食物吃完。一方面是他買的太多，另一方面是食物也沒有特別好吃。伯里斯沒說什麼，洛特自己卻抱怨了起來，也不知道是海港城的風味徒有其名，還是那對攤主父子手藝不佳。

午後，洛特帶伯里斯去了他一直很喜歡的服裝店。伯里斯本以為這家店的風格會極度浮誇，但走進去一看，店鋪其實還挺正常的。商家做的衣服配色並不刺眼，但洛特每次都能從無數正常布料中挑選出顏色最嚇人的那種。

店鋪可以幫人量身剪裁也販賣現成的衣服，且有各種價位的布料。這次洛特不是幫自己買衣服，而是把各種他覺得好看的衣料推薦給伯里斯。深藍色配紫色花紋，上面點綴水鑽，玫瑰紅上帶著孔雀藍和金色偏光，珍珠白底色上縱橫交織出金箔雕花。

伯里斯看一個就搖一次頭，看一眼就眼睛酸痛，他幾乎不敢長時間注視著它們。

店家為了生意也在一旁努力附和，對伯里斯說：「你這麼小年紀，別總是打扮得太過灰暗。」

伯里斯看了看店主，她大概三十歲出頭，在伯里斯的標準裡，這個年紀的人還屬於沒見過世面的小年輕。

但伯里斯現在的外表比女店主小得很多。在她眼中，這個年輕人斯文寡言，怯生生的，好像不太放得開，陪他一起的那位黑髮藍眼男子則豪爽大方，像是運氣很好的暴發戶。去年他也來過這家店，因為他的審美風格非常強烈，女店主對他印象深刻。

她仔細思考著這兩人的關係，從他們不同的神色上，迅速推理出了大概情況。她仍然熱情地推薦商品，假裝無意地說了一句：「送禮物不要太猶豫，一直問人家要不要，人家會不好意思說要的。」

這句話成功地讓洛特眼睛一亮。於是他不再詢問伯里斯，而是迅速挑選了幾樣他早就喜歡的布料和成衣，還選定了一位裁縫下個月的工作檔期。

伯里斯站在一邊，長出了一口氣。只要別拿這些東西繼續在他的眼睛前晃來晃去，買下來倒是無所謂，反正也沒有多少錢。即使洛特真的用這種布料幫他訂做衣服，他也可以堅決不穿，或者僅僅在塔裡試穿一下，讓洛特看一眼就行了。洛特看完之後會很高興，過幾天就會把衣服徹底忘掉，每次都是這樣。

雖然洛特挑了一堆東西，但他們並不需要大包小包地拿著。伯里斯留下飛鼠鎮內的地址，請店家把商品打包送過去，幾天後，會有專人把它們再轉送到不歸山脈的法師塔。

離開店鋪後，洛特和伯里斯直接帶走的東西只有一條髮帶。墨綠色寬綢帶，邊緣貼著銀色編織線，綢帶內側藏著有一定彈性的麂皮繩，佩戴時先用麂皮繩紮緊頭髮，再把外部的綢帶繞好。這是店家的贈品，洛特從一堆領結和髮帶裡挑了這一條，說很配伯里斯的眼睛和髮色。

「我幫你換上吧？」走在街上，洛特在伯里斯腦袋後面比比劃劃。

「以後再換。」伯里斯說。伯里斯一直用樸素的深色皮繩髮帶，從不佩戴絲綢或寶石裝飾。其實這條墨綠髮帶還可以，雖然有些過於華麗，但總歸不算太刺眼，他還能接受。

說完之後還沒走幾步，伯里斯只覺得後面頭髮一緊，接著又一鬆，他頸後的棕色皮繩鬆脫，亞麻色的頭髮直接披散下來。

伯里斯驚訝地回過頭，洛特右手挑著他的髮繩，左手拿著絲綢髮帶，笑嘻嘻地看著他：「小法師，你披著頭髮也很好看，有種脆弱無辜的味道，怎麼辦？真難取捨啊……」

伯里斯認命地長嘆一口氣，走到路邊，對洛特伸出手：「給我吧。」

「給你什麼？」

「我把髮帶換上。」

「不行，我幫你戴。今天我們要像年輕人一樣約會，當然是讓我幫你戴了。轉過去吧。」

伯里斯無奈地笑了笑，配合地轉過身：「那您輕一點，小心我的頭髮。」

洛特的手指穿過他的頭髮，把肩前的垂髮攏到後面，將貼在脖子和領子裡的髮絲收進手心，從身後較高的視角看下去，小法師微低著頭，斗篷帽兜和髮根之間露出一段纖細的脖子，當洛特一次次整理貼在上面的碎髮時，都會故意用指腹磨蹭那塊白皙的皮膚。伯里斯下意識地躲了一下，當發現洛特是有意為之時，就回頭盯著他，故意露出疲憊的眼神。

洛特坦蕩地說：「現在我應該狡辯一下，比如說『我並沒有故意磨蹭你的脖子，只是綁頭髮的手法比較生疏而已』。但其實並不是這樣，我就是故意的。」他湊得更近了，在伯里斯耳邊說，「如果是在塔裡，我就要親你了。」

伯里斯轉了回去，低頭不語，耳朵和脖子都有點發紅。洛特滿意地微笑著，繼續用手指梳理小法師的頭髮，為他束好髮帶。

柔軟的淺亞麻色髮絲，配上墨綠色綢帶，比平時伯里斯給人的印象稍稍華麗了一些，但仍然透著一種溫和斯文的味道。洛特把手中的髮尾捧起來，放在嘴邊輕啄了一下。

伯里斯剛想回頭說些什麼的時候，洛特又突然握住他的手，將他向街道遠處人更多更擁擠的地方帶去。

人群深處有人在高聲吹噓某種食品，為了引人注意，還專門雇了一男一女進行滑稽的表演。洛特愛湊熱鬧，一直帶著伯里斯往裡面鑽。

耳邊充斥著叫賣、交談與大笑聲，伯里斯的難為情好像被沖淡了一些。他的思維有些飄忽，並沒有多留意周圍，反而把注意力都集中在洛特的手掌上。

拉著這隻手，伯里斯又一次想起幾十年前的北方霜原、希瓦河、鏡冰湖和霧淞林。現在回憶又增加了一些，還多了亡者之沼、落月山脈、南方海島等等。在這些地方，他不止一次握著洛特巴爾德的手，有時氣氛沉重緊張，有時則曖昧甜膩。

直到今天，伯里斯仍然不喜歡在公共場合牽手，但他早就習慣了與洛特的肢體接觸。他低頭看著兩人的手，不僅能看到從前的那些記憶，還能看到他做的兩枚儲法戒指。從洛特再次歸來的那天後，它們就一直戴在他與洛特的無名指上。

伯里斯的視線順著手掌慢慢抬高，先是手臂、肩膀，最後是洛特的背影。洛特的人類形態已經足夠高大，但前面圍著的人太多了，連他也要不停踮腳才能看清人群中心。

看著這樣的背影，伯里斯的臉上泛起淡淡的笑意。

他眼前的人，是神域與煉獄共塑的骸骨大君，是在亡者之沼被囚禁多年的半神，是繼承黑湖又親自將其放逐的傳奇人物。

此人沉迷購物，審美庸俗，愛好各種大尺度的浪漫小說和民間逸聞，現在又發展出了新的興趣：研究和實踐年輕人該如何約會。想著想著，伯里斯重新低下頭，看著洛特與自己交握的手。

和這個有趣的半神相比起來，周圍的喧囂好像也並不是很煩，擠來擠去的人群好像也變得可以接受。

於是伯里斯向前幾步，湊到洛特身邊，和他一起看著最熱鬧的地方。

一個下午過去，伯里斯驚訝地發現，自己竟然並不太累。

他本來覺得自己一定不適應這種市集，時間一長就會又睏又煩，腰背發緊，腳底和膝蓋都會刺痛，會頭昏、耳鳴、心神不寧。但這些都沒發生。偶爾遇到那種大喊大叫的攤位，或者橫衝直撞沒禮貌的路人，他也會有點煩，但這種煩惱一閃而過，並不影響心情。

伯里斯曾經以為宮廷舞會已經是自己的極限了，再熱鬧一點自己肯定無法忍受。今天他是做了充足的心理準備才陪洛特來的。現在看來，自己確實和以前大不相同，身體變年輕了真的很不一樣，不僅體力大大提升，好像連心態也改變了。

傍晚的時候，伯里斯與洛特來到「鴿子窩酒館」。今天是洛特名義上的生日，伯里斯之前推薦過這裡的蜂蜜雞蛋酒。

這裡不僅有調製手法高超的生日酒，其他飲品和正餐小吃也都不錯。今天正逢大集市，店裡還請來兩位吟遊詩人輪流彈唱，客人們要不是專心享用美食，就是盯著木臺上的詩人，或者和同伴輕聲低語。只有伯里斯的關注點與眾不同——他看著店內其中兩面牆壁和高處的主梁，那裡分別掛著三顆魔法明焰。僅僅三顆而已，卻勝過數百支蠟燭的光亮，店內只有結帳臺和木舞臺附近補充了幾盞提燈，其他地方都不必再點油燈或蠟燭。

「這個光源是真理塔的制式成品光源。」伯里斯捧著手裡的樹莓汁，臉上泛起慈祥而欣慰的笑意，「魔法光源不算什麼高深法術，但很難從宮廷和軍事防禦走向普通城鎮。材料成本必須降下來，成品光源才能推廣。這還是太難了，不是法師們孤軍奮戰就能做到的，還要讓魔法耗材公會和萃鍊師一起努力。薩戈王都的真理塔有一個小組，沒什麼名氣，但他們專門研究這類法術。您看，這些年成品光源越來越多見了。我現在不方便繼續擔任真理塔的顧問，主要是遠端和海達用書信溝通……」

洛特一手托腮，叼著叉子，專注地看著伯里斯。他並不太懂什麼真理塔制式成品光源之類的東西，只是覺得現在這樣的小法師十分可愛。那種深邃溫潤的眼神只屬於傳奇施法者，而明快飽滿的笑容又只屬於青澀的年輕人。

洛特立刻想了起來，他還有一項心心念念已久的約會項目沒有實施。此活動來自之前對奧吉麗婭和黑松的訪問。

他用勺子舀起一塊焗烤牡蠣，伸到伯里斯面前。伯里斯正說到「如果簽下那份寶石粉供給協議……」，突然一坨食物出現在嘴邊，他反而閉上了嘴。

伯里斯看看洛特的勺子，然後低頭看看自己的餐具，又抬頭看看洛特，一臉迷茫。

洛特趕緊說：「我在餵你啊，趕快吃一口，然後換你餵我。」

「什麼？」伯里斯更加迷茫了。

洛特說：「等一下你餵我南瓜派吧，我想吃那個。」

伯里斯完全愣住了，既沒有張嘴吃眼前的食物，也沒有去切南瓜派，他完全不明白洛特想幹嘛。除了嬰兒時期，他從來沒有喪失過自理能力，即使他八十四歲的時候也沒有讓別人餵過飯。

「我們不是在約會嗎？」洛特解釋說，「年輕人都這樣。」

「誰說年輕人都這樣了？」

洛特朝左邊努努嘴。伯里斯目光輕輕一偏，看到隔一張桌子的地方有一對目測不超過二十歲的男女，男孩是冒險者打扮，女孩像是本地人，兩人左手交握，右手拿勺，正在你一口我一口地互相餵湯，而且喝的還是同一盤湯。

伯里斯壓低聲音：「他們是小孩子！」

洛特說：「我不是和那兩個小孩現場學的。之前我問過黑松和奧吉麗婭，他們說過，年輕的小情侶都喜歡這樣。」

「奧吉麗婭是您的造物啊，她和黑松學這些東西，您也不管一管她？」

洛特又把勺子向前遞了遞：「年輕人自己樂意，我管不著。伯里斯，你和我現在也是年輕人啊，這樣互相餵一下不是挺甜蜜的嗎？有什麼不好意思的？又不是當眾接吻脫衣服。」

伯里斯用自己的叉子把洛特的勺子抵住，仍然搖頭：「您只看到那桌小情侶互相餵飯，沒看到遠處那桌的人在瞪著他們嗎？連酒館女招待都盯著他們看。再說了，他們是十幾歲的男孩女孩，你我的外表不但比他們大，而且還是兩個男人……不行，您別學這個，這個真的不行。」

「我不介意被人盯著看。」

「我介意啊！」

洛特又勸了幾句，伯里斯還是死活不願意。洛特想到，那個一天一夜的約會規則裡有「戀人之間不能勉強對方」這一項，於是他收回勺子，把食物送進自己嘴裡。

看他從興致勃勃到唉聲嘆氣，伯里斯也有點過意不去。於是伯里斯柔聲說：「我們換一個好不好？您說這是約會，可是約會又不等於互相餵飯。這次您放棄這件事，下次我們換一個別的事情好不好？我一定會答應您。」

洛特低頭吃了幾口東西，再抬起頭來，惋惜之情已經煙消雲散：「你說得對。我忽然想起來，我們要抓緊時間吃飯了，不能太拖延，要早一點趕到鎮上的廣場去。」

今天的鎮上的廣場臨時搭建了巨大的暗紅色馬戲帳篷，白天裡面表演雜耍馴獸，晚上則是劇團演出。洛特很喜歡看舞臺劇，這一點和公主所介紹的「年輕人項目」倒是不謀而合。白天路過廣場的時候，洛特專門查看了宣傳告示，今晚要演的戲劇是《聖女與復活之龍》，據說是一部史實冒險驚悚懸疑愛情倫理虐心催淚歌舞大劇。

演藝劇團來自費西西特，由一群年輕漂亮的樂師、詩人、歌者、舞姬組成，飛鼠鎮大集市是他們在南方演出的最後一站，錯過了今天，就要到費西西特本地才能看到他們了。

聽完洛特的介紹，伯里斯暗暗覺得「去費西西特看他們」其實也不是多難的事。對一般人來說可能要花很長的時間趕路，但洛特明明可以用塔裡的傳送法陣，即使錯過一次也沒什麼好可惜吧。但伯里斯也明白，洛特就是這種性格，所以他十分配合地迅速吃完晚餐，和洛特早早趕去買票占座。只要別讓他當眾餵飯，怎麼都好說。

他們趕到時不早不晚，餘票還夠，但馬戲帳篷內的好座位都被占完了。已落坐的觀眾都是兩兩一對，剩下的幾乎是不相鄰的座位。

洛特愁苦地看向伯里斯，伯里斯倒是覺得沒關係。在他看來，他們平時天天在一起，今天一整天也都牽著手，這會只有兩個小時左右要分開坐，沒什麼大不了的。

伯里斯安慰了一下洛特，洛特迅速就被安慰好了，平靜地接受了不能坐在一起的現實。其實他也覺得沒什麼，但他畢竟是洛特，他偏要做出十分哀傷的模樣。

戲劇開始後，吸引住伯里斯的不是劇情，而是表演臺下方的兩個灰袍人。他們坐在舞臺下，穿著灰撲撲的衣服，很不起眼，看起來像是演員的助手或者保鏢。只有伯里斯知道，那是兩位幻術師。

他們帶著準備好的施法材料，根據劇情來施展合適的幻術，比如調整光源明暗，製造海浪聲、兵戈聲、怪物嗥叫聲等等。因為戲劇名稱叫《聖女與復活之龍》，伯里斯猜測他們可能還會用幻術模仿神術效果，甚至會製造出巨龍的幻影等等。但隨著劇情推進，伯里斯漸漸意識到這是不可能的，這些幻術師的技術很一般，恐怕無法做出大面積幻影類法術。

臺上的女主角悲傷地呼喚愛人，臺下有不少人也跟著抹眼淚。而伯里斯看著那兩個已經人到中年的幻術師，心中一陣酸楚，忍不住搖頭嘆氣。

劇情後半程十分緩慢，以談情說愛為主，幻術師都不怎麼工作了。伯里斯越看越想睡，他的座位旁邊有一根方形木頭柱子，正好可以讓他把頭靠在上面。

晚餐時伯里斯還不覺得累，現在一坐下來，疲倦卻越發明顯。在輕柔的音樂和昏暗的光線下，伯里斯不知不覺就睡著了。

不知過了多久，伯里斯被一陣掌聲驚醒，只見臺上演員們正在鞠躬謝幕，整場表演已經結束了。隨著演員離去，觀眾們紛紛起身，伯里斯坐在原地，頓時覺得十分愧疚——這應該是洛特很期待的戲劇，可是自己竟然睡著了。

伯里斯也站了起來，四下尋找洛特的身影。找到之後，他先是一愣，然後「噗」地笑出了聲。

在不遠的地方，洛特沒有起身，仍繼續坐著一動不動，雙臂抱在胸前，深深地低著頭，閉著眼睛，分明也睡得十分香甜。

伯里斯走過去，坐在洛特身邊，但沒有急著叫醒他。

六十幾年前，在北方的寒冷森林裡，伯里斯在骸骨大君面前昏昏沉沉，大君經常故意和他說話，怕他睡過去就再也醒不過來；兩三年前，在那本帶有神術力量的書籍面前，洛特昏睡不醒，伯里斯每天都寢食難安，心急如焚。

如今他們坐在馬戲帳篷裡打瞌睡，沒有人著急害怕，反而還挺愜意的。伯里斯微笑著，有點享受此刻的時光。

等洛特醒來之後，他第一句話就是問伯里斯故事好不好看。伯里斯誠實地說自己睡著了，洛特並不失望，反而十分高興。

兩人離開馬戲帳篷，洛特開始控訴這臺戲劇有多麼無聊多麼難看。據說《聖女與復活之龍》是根據一本小說改編的，洛特還收藏過小說。情節展開後，他越看越覺得難看，用他的話說：這群人把原作的精髓都改掉了，恐怖的畫面沒了，特別慘的情節也沒了，演員和小說裡寫的角色一點都不像，臺詞也過於平淡，總之失望透頂。

洛特一邊抱怨一邊伸出手，伯里斯不用催促就主動握了上去。在兩人的手握住的那一刻，洛特看了伯里斯一眼，心情忽然舒展開來，關於舞臺劇的牢騷話題也戛然而止。

時間已經快到午夜，飛鼠鎮的熱鬧正在逐漸散去。主要幹道上還聚集著一些人，大部分都在收拾攤棚，各條小路已經完全安靜下來，商鋪早已打烊，本地住戶的木窗緊緊關閉。

洛特和伯里斯要先回到旅舍，長租的屋子裡藏著他們的傳送法陣。兩人手牽手慢慢散步，一開始的幾條街上還有零星燈火，然後越來越暗，越來越靜。

洛特望著狹窄昏暗的街道，又抬頭望向群星浮現的夜空，忽然發出感慨：「也不能怪那個舞臺劇難看。我嫌它平淡，可是我這一整天明明也很平淡，我卻一點也不覺得無聊。」

伯里斯心想，您不無聊就好，如果您覺得無聊，說不定又要產生什麼奇思妙想。

畢竟生活與戲劇不一樣，以前他們在冰原白塔面對伊里爾，還進入了黑湖神域，要是按照舞臺劇與浪漫小說的標準，這些才像一個故事的高潮。他們的現在太過平淡，將來也會比較平淡。

伯里斯邊想邊低頭微笑著，洛特忽然拉著他快步走向街邊，鑽進一條狹窄的小巷。

伯里斯還沒反應過來，已經被洛特輕輕按在牆上。

洛特貼在法師耳邊說：「你知道嗎？年輕人約會的時候，還有一件事是他們經常會做的。」

伯里斯迅速而嚴肅地回答：「回塔裡再說。」

洛特有點洩氣地看著他：「我還沒說是做什麼事呢！」

「什麼事都回塔裡再說，現在已經很晚了。」

洛特仍然把伯里斯堵在牆邊，但是鬆開了手，做出抱臂沉思的模樣。想了一會兒，他說：「吃飯的時候你不是答應了嗎？只要不當眾餵飯，下次我換一個別的事情，你就一定會答應我。」

伯里斯嘆氣：「我沒有不答應啊，只是說要回塔裡……」

「你就是在狡辯，拒絕了一個要求，又拒絕第二個。」洛特故意皺皺眉。伯里斯並不擔心，反而被他的反應逗笑了。他們相處至今，彼此能夠看懂對方臉上的情緒，能辨別出對方是真的低落還是在開玩笑。

伯里斯說：「只要回到塔裡，您再提多少個要求我都同意，我肯定會同意。」

「我不相信你怎麼辦？你都拒絕我兩次了。」洛特說。

伯里斯慢慢低下頭，不看洛特，改為看著自己的腳尖。接下來要說的話會令他很難為情，但他並不介意說給洛特聽。因為，他和洛特都在學著當一個年輕人，他也在學著盡量改掉老人家的古板。

於是接下來他說：「只要回到塔裡，您想怎麼樣都行，以前不行的事也可以。現在我提前同意了，如果到時候我又拒絕，就不算數，您不需要聽我的。」

伯里斯本來就比洛特矮一大截，他低著頭說這些話，洛特看不見他的臉。不過，只是看著他鬢髮邊微紅的耳朵，洛特也知道他的臉紅成什麼樣子。

洛特的心裡開始默默放煙火，把他見過的每場煙火表演都重新播放了一遍。他恨不得瞬間回到塔裡，但此時氣氛良好，他決定表現得深沉穩重一些。

「好吧，那就說定了。」洛特貼近法師耳邊，「今天的約會還沒結束呢，我們回塔裡再繼續。你說了，什麼事都會答應我，如果你反悔了，我就假裝強迫你。」

洛特故作挑逗的語氣和姿勢，伯里斯卻笑了出來：「什麼叫『假裝強迫』啊？」

「你也看過我書架上的書，你懂我意思。別笑了，小法師，我正在威脅你呢。」

這時，小巷外傳來交談聲和腳步聲，是幾個逛集市的外鄉人，正邊聊天邊慢慢走回旅舍。在他們路過小巷外的時候，洛特低下頭，吻住被自己圈在牆壁與懷抱之間的伯里斯。

這個套路也是洛特從小說上學的，只不過在故事裡，主角是用嘴唇作為替代，捂住對方想說話的嘴。伯里斯並沒有說話，根本不需要捂住嘴，但洛特就是突然很想吻小法師。

腳步聲經過時，洛特閉著眼睛，感覺到伯里斯的心跳聲特別明顯，大概他是真的緊張，害怕陌生人會看到這個吻。其實大集市上多得是比這更瘋狂的事情，年輕小情侶在巷子裡親熱又算什麼大事。大家都是外地遊客，反正誰也不認識誰，沒什麼大不了的。不過伯里斯一緊張，洛特反而有種滿足的感覺，就好像他們是逃避導師目光的學徒，是值夜時躲在樹叢親熱的冒險者，是拋下家族私奔的戀人，就好像他們真的需要躲躲藏藏一樣。

白天的熱鬧褪去，他們藏在深夜幽靜的小巷中。行人從外面匆匆路過，戀人在黑暗中偷偷接吻。

在洛特看來，這一切完美得猶如浪漫小說與愛情舞臺劇，實在是氣氛正好。

——〈年輕人的約會〉完

致施法者伯里斯閣下及家屬

To Burris the Spellcaster and His Family Dependent

Extra Chapter

那之後的三年

洛特巴爾德

對外宣布了正式身分。以前是宗教學研究者，現在進入法師塔成為大齡初級學徒。與「老法師的學（兒）徒（子）柯雷夫」關係曖昧。

在奧傑塔、席格費和奧吉麗婭的共同建議下，把繼承並離開黑湖的那天定為自己的生日，開始像人類一樣正式過生日。

仍然與伯里斯分房睡，但經常互相留宿。

收養了第二隻狗。狗是中型犬，渾身黑色捲毛，洛特為牠取名為「女巫卡特琳娜」。後來伯里斯發現這隻狗是雄性。

仍然保持著對浪漫愛情小說的熱情，並且開始嘗試親自創作小說，對辭藻文筆很有信心，但通篇都是拼寫錯誤和語法錯誤。

與伯里斯（柯雷夫）一起去自由城邦費西西特旅遊，衝動消費買了一尊綠水晶雕成的紅龍雕像——顏色是綠的，外型是紅龍的特徵。雕像和豬差不多大，在運輸過程中不慎摔碎，為了不浪費，碎片被伯里斯收集起來送到了魔法物品工坊。

開始和伯里斯學習人類的奧術知識，進步十分緩慢，學習非常不刻苦，不愛看書，自由散漫，拒絕筆試，最喜歡的課程是實驗。

花了一個月也沒學會光球術，卻神祕地學會了做飯，目前最擅長的是煎蛋餅和牛奶燉菜。

伯里斯·格爾肖

以年老形象參加了五塔半島的死靈學派峰會，沒人看出他臉上的變化法術。因為他在參加大會之前先見了奧傑塔，奧傑塔用神術加工了他的變化術。

因為在死靈學派峰會上摔了一跤，被眾多年輕死靈學研究者爭搶著上前攙扶，最後不得不靠假裝生氣脫身。

接到了來自珊德尼亞的大筆訂單，主要項目是一些重要場合的魔法防禦系統，因為精力有限，將訂單私下轉包給幾名昔日學生，當然其中不包括黑松。

與一位異界學派法師聯手研究新課題，將實驗室設立於山脈的工廠內。此舉遭到洛特的假裝吃醋。

為表立場，將異界學法師的妻子、兒子、兒媳、孫子女和三隻貓都接到了山脈的別墅裡。

本以為完美平息了一切，卻發現洛特仍然故意假裝吃醋，並試圖以此為藉口，模仿某些愛情小說中的淫穢橋段。

消極抵抗了三天，最終在洛特的「生日」時主動配合了他的劇本。

從洛特的書架上找了一套系列小說，嘗試學習洛特的思維方式，經過一週的嘗試，最終選擇放棄。

學會了「復生之血」的調配方法，但一直假裝不會。

艾絲特琳公主（與奈勒爵士）

除了身為公主必須參與的日常事務外，還開始研究臉上僵硬後遺症的問題。並且在王都真理塔組建了一支奧術護衛團隊，祕密調查薩戈境內與魔法有關的大小事件。

準備與奈勒爵士正式訂婚，近期正在籌備儀式。

黑松（和他的冒險小團隊）

一直維持著金髮狀態，沒有再次染髮，也沒有重新紋身，但對衣著飾品的審美仍然保持原狀。仍然堅持化妝，以尋求面色蒼白、眼神陰森的效果。

做出了空前華麗的骨頭懸浮椅，而且做得十分寬敞。試圖邀請奧吉麗婭一同乘坐，慘遭拒絕。

與冒險小伙伴們前往落月山脈以西，尋找某件傳說中的珍寶，遭到西荒山匪、獸人薩滿和西荒術士的襲擊，被綁架了十天。

十天後，被聞訊趕來的奧吉麗婭與席格費救出，據說遭到了酷刑折磨，具體刑罰是「每天都吃不飽，還要聽他們唱歌，並且必須進行言之有物的點評」。

冒險小團隊離開是非之地時，團隊中的海島精靈留在了西荒人聚落，據說是與一名山匪墜入愛河。

回到寂靜樹海老家住了半年，其間以廣博的知識、精彩的見聞、酷炫的施法手段吸引到許多青少年精靈，甚至有幾名還未成年的精靈想跟著他離開樹海冒險，還想請他當法術老師。

樹海的精靈議會約見其父母，雙方進行了友好而深入的談話，並最終決定撥給他一小筆「巡遊者基金」，請他繼續外出冒險，務必盡快啟程。

奧吉麗婭與席格費

大部分時間與黑松一起玩耍，定期會回到不歸山脈看望主人。

奧吉麗婭學會了化妝，目前最大的煩惱是眉毛的顏色與銀髮如何搭配才能協調。

席格費仍然不擅長化形，每次變出的人都有微妙差別，而且身上的煉獄氣息會讓普通人產生生理性畏懼，所以每次回到冬青村，他都是一個「很可怕的陌生人」，為此他總是在深夜裡偷偷流淚。

奧傑塔

定居北方，監視被關押在北星之城的伊里爾。

平時使用兩個身分，一男一女，對外界自稱是「奧茲兄妹」。哥哥是術士，經常與北星之城的騎士們往來；而妹妹體弱多病，常年閉門不出，在家臥床休息。兄妹是雙胞胎，都十分美麗，有著黑檀般的長髮，雪白的皮膚，鮮血般的嘴唇什麼的。

目前最大的煩惱，是有兩名神殿騎士分別愛上了「奧茲兄妹」，而且已經對他們展開了初步的求愛。

伊里爾

被關押在北星之城奧塔羅特神殿特設的禁魔監獄中。暫未出現值得注意的危險行為。

近期曾與一名獄友發生肢體衝突。該獄友是一名低階死靈法師，因創立偽神教會、謀財害命等原因被抓捕，兩人在均不能施法的前提下，使用鞋子互相抽打，並因為怕被人發現而雙雙忍住疼痛不出聲叫喊，最終還是被衛兵及時發現並阻止。

曾見過奧傑塔一面，但沒有認出眼前的黑髮青年究竟是誰。

莫維亞

被精靈議會剝奪了高塔使用權，查封了大部分財產，由於蘇希島海防軍統領自願為其擔保，遂被免除牢獄刑罰。

在落魄時接到邀約，成為了海防軍統領家中的文書。

參加工作一段時間後，向家主提出提前預支明年的一部分薪水，得到了同意。

拿到預支薪水後，突然不辭而別，留下了一封聲淚俱下但前言不搭後語的解釋信件。

數月後，偷偷輾轉來到五塔半島高階研修院，偽造了新的身分，假裝純血樹海精靈，試圖進入研修院學習，但沒有通過入學考試。

目前正在咬牙準備參加下次考核。

海霧（和另外兩名學徒）

三年中一直在黑崖堡魔法用品店打工，存下一些積蓄後，辭別店主，前往陸地東方的希爾達教院。

經過考核後，成功入學，與暫不區分學派的初級學徒們一同聽課。

夏爾與塔琳娜

夏爾成為了銀隼堡城防軍正式統帥，由於身高仍在不停生長，三年內換了六套鎧甲，被士兵們親切地稱為「霜巨人」。

塔琳娜年滿十六歲，在一次山洪災害中為救助平民而展露施法能力，她不僅沒有因此被人排斥，還得到了「北國玫瑰」、「最美女術士」之類的稱號。

致施法者伯里斯閣下及家屬

諾拉德

常年居住在屬於自己的行宮裡，並且把舅舅羅賽・格林也請到了這裡。

試圖與羅賽共用同一間臥室，被拒絕。

試圖邀請羅賽去溫泉沐浴，被拒絕。

邀請一隊吟遊詩人與舞者來行宮表演，邀請羅賽一起觀賞。

在觀賞時兩人大量飲酒，試圖灌醉羅賽。

最終自己飲酒過量，當眾先大哭再狂笑，然後迅速昏倒。

不理政務，懶得出門，還拒絕了昔日舊情人（們）的邀約。

羅賽・格林

被諾拉德帶回行宮，遭到了名義上的囚禁，其實隨時可以自由出入。

因為總是對諾拉德拒絕得不是特別徹底，整天都被道德和罪惡感折磨。

曾回到昔日與妹妹生活過的木屋，從屋前拔起一枝玫瑰，透過撕花瓣詢問妹妹「妳允許嗎」這一意義不明的問題。

拔了很多枝花，每枝給出的答案都不一樣。

偶爾會去指導塔琳娜施法。

蘭托親王

只要想到長子，就會滿臉陰鬱。

每天都安慰自己，至少次子和女兒都很爭氣。

開始脫髮。

赫羅爾夫伯爵

學會了按照指令尋物尋人，能夠在下過雨的森林中找到一片目標使用過的手帕。

學會了簡單的加減乘除。

最近遭到了雄性黑色捲毛犬「女巫卡特琳娜」的熱情追求。

趁著洛特與伯里斯外出，在兩隻貓的圍觀下，把「女巫卡特琳娜」揍了一頓，成功地讓對方俯首稱臣，從此再也不會被牠從後方抱住了。

——〈那之後的三年〉完

致施法者
To Burris the Spellcaster and His Family Dependent
伯里斯閣下及家屬

Extra Chapter
小事典

這部分不算番外，算和劇情有點關係的……碎念？

就叫它番外小事典吧！

如果只喜歡看故事，也可以不看這部分。

伯里斯做的附魔對戒

魔法的事都特別複雜，寫出來比較長，如果讓伯里斯在文中透過對話全都說出來，效果上會有一種「人物變成立繪，站在那裡不停說話」的感覺。

這部分內容對正文沒有影響，不寫也沒什麼，寫了也不會變得更好玩，只會顯得累贅。所以，正文中就略寫了，改為在番外小事典中進行介紹啦。

這對戒指有好幾個功能，其中互相定位、在空白平面上投影地圖的功能在正文中已經描寫過了，在此不再重複，只細說一下別的功能。

共用防禦：

默認開啟的功能。比如：伯里斯為自己施展了抵抗詛咒術，同時洛特身上也會有同樣的魔法開始運作。狀態是預設開啟，但使用者可以主動關閉，也就是拒絕使用。

這個功能對洛特來說意義不大，因為他自身具有魔法免疫，很少會用到防禦類法術。

不過事情也不能一概而論，也有些防禦術與物理攻擊相關，所以這個功能還是有一點作用的。比如：洛特可以不被魔法雷電傷害，但如果魔法雷電打碎了山壁，山石滾落下來，依然可能會傷害他。這時如果伯里斯啟動力場護罩，就能保護他們兩個人，即使他們兩個人沒有待在一起。

防禦類法術指的是：可以讓自己抵抗嚴寒，讓自己免疫某種疾病，把自己罩在力場壁障裡，給自己暫時的魔法免疫等等。都是針對自己的，屬於被動防禦。

共用援護：

需要受術者主動啟動。比如：伯里斯讓自己懸浮移動，這時洛特也可以直接使用這個法術，洛特需要自行判斷是否需要，然後透過一個咒語開啟共用功能。咒語很短，不是法師也能學會。

援護類法術指的是：讓自己或別人飛行、懸浮、水下行走（無視壓力浮力）、彈跳過峽谷等等。總之，是為人提供幫助，主動進行，並非攻擊或破壞，能夠與其他法術配合的法術。

當伯里斯不對自己，而是對第三人援護時，洛特也可以共用援護效果，但他不可以把此效果轉移給別人。比如：伯里斯讓赫羅爾夫伯爵暫時得到了飛行能力，此時洛特也可以啟動共用，以自己喜歡的方式飛行。但洛特只能把這個能力給自己，他不能選擇自己不飛，讓奧吉麗婭起飛。

援護法術結束時，受術雙方身上的法術都會結束。起飛或飄浮的援護法術結束不會讓人直接墜落，結束時人們是緩緩落下的，這一點不用擔心。（「結束法術」也是施法的環節之一，而不是指法術被強行終止。法術強行終止的情況下，比如施法者死了、失去意識，或者法術被未知力量干擾，這時飄在空中的受術者才會有墜落的危險。）

功能類法術提取：

洛特可以施展伯里斯已準備好的、針對外界的魔法。比如他們一同出門探索，暫時分開了，洛特需要使用光球照亮一個洞穴。這時，只要伯里斯現在能用它，洛特就可以直接使用。

這個功能比援護和防禦複雜一點，因為洛特必須熟知大致的魔法分類，並且瞭解伯里斯現在能施展什麼法術。

還有，援護與防禦是兩人直接共用，而針對外界的法術只能其中一人使用。也就是說，在同一時間內，如果伯里斯已經用了某個法術，洛特就無法再從他這裡得到它；而洛特從伯里斯這裡提取並施展某項法術後，伯里斯也必須重新準備施法材料才能再使用。

比如，施展「瞬間洗狗術」要做以下準備：一小撮特殊礦物質粉末、目標犬隻的毛髮和施法者需要念出一句咒語。伯里斯帶了這些材料，能夠準確念誦這句咒語，並且能夠憑咒語調遣其中的元素力量。而此時伯里斯在書房寫東西，洛特想在塔下洗狗，他使用了戒指上的「功能類法術提取」，成功地施展了瞬間洗狗術。這時，伯里斯所帶的礦物質粉末和犬隻毛髮會失效，即使念出咒語，他也沒辦法瞬間洗狗了。

或者，伯里斯三天前已經洗過狗了，今天他身上帶著已經失去功效的材料，這時如果洛特想提取洗狗術就不會成功。（所需材料默認分成一份，如果伯里斯帶了足夠的材料，能夠洗狗一百次，那麼施法一次只會消耗一份材料，並不會把一百份都消耗掉。也就是說，這時洛特還可以繼續洗狗九十九次，或者他不洗了，伯里斯也可以繼續洗。）

功能類法術很多都與操控元素有關，比如光球、灑水、結冰、範圍內光線變暗或變亮、火焰燃起或消失、物品或區域更濕潤或更乾燥。（不是吸乾一座湖或者吸乾人體全部水分什麼的。這是不存在的，只是在小事情上的變化而已。）

這些法術很難造成致命傷害，當然除非故意用於傷害別人，比如偷偷縱火。這種法術的火焰是真正的火焰，可以用正常方式撲滅，或者另一個施法者用滅火法術也可以輕鬆撲滅。這是功能性法術和元素操縱類法術，與發散類、詛咒類、擊殺類等等高階奧術的區別之一。

戒指目前不具備高階奧術共用的功能。高階奧術中的每一個法術都是綜合學科，非常麻煩。

比如伯里斯找到並打開亡者之沼的時候，涉及和使用的知識涵蓋了很多方面，並不是單純的某一個死靈術或異界召喚術。再比如，他釘住伊里爾的矛，也是涉及到空間魔法、死靈術與異界學，可能還有元素操控的綜合研究成果。

高階奧術的學習、準備和施展都比較麻煩，更麻煩的是在學習過程中對施法者本人體質的適應和影響，所以這種東西，每個人用起來的效果可能都不一樣，很難實現共用。

一般來說，法師也沒必要啟動高階奧術共用，對方不一定能靈活運用，還有可能會消耗掉自己的重要戰略準備。

以及，戒指的共用和提取功能僅限於佩戴雙方的奧術能力，不包括神術、天生怪力、特殊種族的特殊技能、術士血脈能力等等。

共用是雙向的，假如洛特將來也學了很多法術，伯里斯在需要時也可以與他共用。但就目前來說，洛特並不是很懂施法。

關於人物的壽命

因為老是寫奇幻，而且之前有幾篇文都把主角的壽命拉到了大致一樣的程度，所以這篇結束後，也有不止一個讀者產生了壽命方面的疑問：洛特雖然沒有力量了，但他的生命屬性是真神，而伯里斯即使現在二十歲，將來他也還是要再禿……啊不，再變老的啊。

關於這個問題，我是這樣想的：

（有點長，也有和本文無關的內容，請選擇性閱讀。謝謝願意聽我嘮叨的人。）

伯里斯是八十四歲的老人，他的前八十四年給了他豐富的知識與經歷，讓他的心靈成熟，讓他的眼界從小小的白塔一直開闊到十國邦聯，也許將來還有整個大陸，包括西方山脈以西，甚至出海，甚至是其他大陸、其他世界。對於法師們來說，對未知知識的嚮往是人生的必要動力。

八十幾歲的老年人之中，大多數人已經不再具備野心了。這是硬體條件決定的。身體會影響心靈，會束縛一個人的能力和思想。

三次元中，有很多身體健康的老人，但他們學不會電子產品。是他們真的笨嗎？是他們眼花到看不清楚東西嗎？還是身體衰弱到看一下智慧型手機都不行？不是，至少其中很大一部分不是因為這些原因。當然，也有身患重病的老人，那又是另外一回事了。有一部分健康的老人，明明他們還很健康，卻對新鮮的事物望而生畏。

一個健康的八十歲老人，其實比一個六歲的孩子要聰明得多。但是某些事情，六歲的孩子學得會，也願意學，而老人還沒學就不感興趣，甚至排斥。

這不是因為老人真的「老了」、「不行了」，而是衰弱的身體影響了意志。

致施法者伯里斯閣下及家屬

他們的靈魂深處知道，自己的未來很短很短了，沒有什麼可能性了，沒有動力了。老人並不是「覺得」自己被時代拋棄，而是客觀上，就是在被時間拋棄。或者說，我們每個人都被時間拋在後面，只是年輕一點的人並未察覺而已。

人的一輩子，「此時此刻」就是「前半」與「後半」的交接點。人都喜歡望向時間比較多的那一邊。

十八歲的人，前半生才十八年，後半生還有不知道多少年呢。所以，當他望著比較長的那邊時，就會產生各種好奇心、各種動力和各種野心。

而一個八十歲的老人，他的前半生有八十年，後半……說一句長命百歲，也只剩下二十年。八十歲的老人對「二十年」沒有那麼高的期望。他還清晰地記得二十歲的自己，也記得從二十歲走到今天，時光多麼短暫，幾乎是彈指之間。所以這個八十歲的老人，他前面的時間太少了，他就會傾向於看著比較長的那一邊——他的過去。

所以人們會覺得老人喜歡懷舊、喜歡聊過去，因為他們沒有未來啊。智慧型手機怎麼發展？無人的超市能不能存在？Google研發了什麼新技術？VR怎麼和生活結合？再過多少年會再有一次科技大革新？銀行能不能徹底自動化？某個演員將來會如何發展？他們不想這些，也沒必要想，因為他們看不見了。

那麼，此時，假如一個八十四歲的老年人，重新回到了二十歲。

並且，不是靈魂穿越回六十幾年前，也不是直接變成一個新的人，而是在保留他現有知識和記憶的前提下，在此時此刻，直接變成二十歲。

這是多麼驚人的事情？

他的「後半」突然延長了。而且被延長的是健康的、有品質的生活，而不是將衰老的身體再延續下去。

他突然就有無限的未來了。

為什麼不說是幾十年，而說是「無限」呢？因為，此時此刻電腦螢幕前二十歲左右的人們也看不清自己的未來還會發生什麼吧。也許近幾年就會出現強大的ＡＩ，也許下星期有個重要的人會出現在自己的生命中，也許明年自己中了彩券，也許大學畢業後被介紹進了夢寐以求的公司，可能發生的好事有一大堆呢。

壞事的可能性當然也有一大堆。但是，既然未來這麼長，那麼人們就會對它產生期待，會冒著被命運狠狠折磨的風險，走進名為「未來」的風雨中，在其中顛簸奔跑，哪怕只追求到一點點幸福。

放在現代來看，返老還童可能還會帶來「如何隱瞞這項奇蹟，如何獲得合法身分」的煩惱，而在奇幻世界的封建社會（？）中，反正這個煩惱是可以被解決的。於是好處不變，煩惱還下降了不少。

以上說的是一般人。

而經歷豐富博學多才的老法師呢？

法師，這種奇幻故事常見的職業，通常他們都熱愛學習、勤奮專注、野心勃勃。面對被延長的未來，老法師原本被消磨的意志會重新燃燒起來。原本，人是不得不「服老」的，法師也不得不在「老」面前放棄野心，而現在，不用放棄了。

也就是說，對於一個這樣的法師來說，他將來還會做出什麼事情，誰會知道呢？伯里斯八十四歲，用幾十年成為了十國邦聯內最有威望的法師，現在再給他這麼多年，他豈不是要登基了（喂）。

然後，還有洛特。其實洛特的氣質比伯里斯年輕，這一點之前苦苦糾結過，後來覺得，他雖然也一大把歲數，但是和人類或精靈有很大的不同——他沒有「前半」和「後半」的區別。

就算他被自己囚禁，還失去了一部分記憶，就算看不到未來，對他來說這一切仍然是天經地義、永不終結的。他的未來就算沒有什麼希望、沒什麼好事，至少也有色情小說（？）可以看的。而且某天他遇到了一個念想，一個要帶他出來的小法師。

他沒有自由也會很難受，但一旦獲得自由，他立刻就可以像年輕人一樣積極而狂熱地探索眼前的世界。

他可以被世事拋棄，但不會有被時間拋棄的感覺。

一個十八歲的人像鹹魚一樣躺在家裡，和一隻十八歲的貓躺在家裡，感覺是不一樣的。這個人可能是單純的懶，可能是最近心情不好，可能是輟學了，可能是生病了不方便出門，還可能是被誰關在屋子裡，也可能是諸多因素結合在一起。無論如何，他的年少心性還在，只是目前困於斗室。而十八歲的貓就不一樣了，牠躺在那裡，就只是在安度晚年。

所以，洛特這樣的生物，就算實際上的歲數比人類老人還要年長，心態和看事情的角度也完全不一樣。還有包括黑松，他也比伯里斯的實際年齡大，但他正處於「未來」比「過去」更長的時期，他有時間，不怕浪費時間，也更愛揮霍時間。就像很多年輕人類一樣，他們心中沒有滴答作響的鐘表聲，也沒有上層越來越薄的沙漏，他們不需要時刻想著這些，只要好好享受當下即可。

而伯里斯呢？他曾經聽過時鐘的滴答聲，感覺過沙漏好像漏得越來越快，他一輩子馬不停蹄地成長，早已習慣了那種目標明確、一定要有所成就的生活。

現在，他又有時間啦。他可以帶著積累下的知識繼續前進。

就像長途奔跑到最後一公里時，體能已經消耗得差不多了，以為到此為止了。突然，這個人的體能又變回熱身之後、開跑之前的狀態，而他腳下跑過的路並沒有退回起點。於是，他又可以繼續奔跑下去，不必回頭，也不必擔心體力不夠。前面的路向他敞開懷抱，還會有很多風景在等待著他。

所以，壽命這件事情，就交給伯里斯和洛特自己解決吧。

他們都不是一般人，而且未來還很長，他們還會遇到很多驚險的事情。可能從生活到愛情都會經歷一些危機，同時，他們也會更有建樹，會再開創一些東西、穩固一些東西，可能還會開拓出我的大腦想像不出的未來。

我不需要幫他們強行拉平壽命，他們會自己解決的。

然後回答一個簡單的問題：老？為什麼怕老？為什麼不變成巫妖？

答案是，這個世界不是「費倫[1]」，巫妖沒有多如狗，而且魔法體系也不一樣，變成不死生物會有很多缺點，導致很多事情做不了，屬於低品質的生活。對法師，甚至對一般人來說，都並不是什麼好事。

巫妖是存在的，但一般都有各自的理由，家家有本難念的經而已。巫妖或者其他不死生物，並不是人類謀求永生的最優選擇，反而是一小部分人的無奈之舉。

——〈小事典〉完

——《致施法者伯里斯閣下及家屬》全系列完

1《龍與地下城》中的地名。

高寶書版集團
gobooks.com.tw

BL043

致施法者伯里斯閣下及家屬vol. 4（完）

作　　者　matthia
繪　　者　shu
編　　輯　任芸慧
校　　對　任芸慧
美術編輯　林鈞儀
排　　版　彭立瑋
企　　劃　方慧娟

發 行 人　朱凱蕾
出　　版　英屬維京群島商高寶國際有限公司臺灣分公司
　　　　　Global Group Holdings, Ltd.
地　　址　臺北市內湖區洲子街88號3樓
網　　址　www.gobooks.com.tw
電　　話　(02) 27992788
電　　郵　readers@gobooks.com.tw（讀者服務部）
　　　　　pr@gobooks.com.tw（公關諮詢部）
傳　　真　出版部　(02) 27990909　行銷部 (02) 27993088
郵政劃撥　50404557
戶　　名　三日月書版股份有限公司
發　　行　三日月書版股份有限公司/Printed in Taiwan
初版日期　2020年6月

國家圖書館出版品預行編目(CIP)資料

致施法者伯里斯閣下及家屬/ matthia著.-- 初版. --
臺北市：高寶國際出版：三日月書版發行, 2020.06-
冊；　公分. --

ISBN 978-986-361-843-0(第4冊：平裝)

857.7　　108018682

三日月書版

三日月書版

GOBOOKS
& SITAK
GROUP©

GOBOOKS
& SITAK
GROUP©